D1668335

Brigitte Carlsen

Die siebte Träne

Für meinen Vater und für Robert

...gestürzt wurde der große Drache, die alte Schlange,
die den Namen Teufel und Satan trägt, der den ganzen
Erdkreis verführt; er wurde hinabgestürzt auf die Erde

(Off. 12,9)

Sieben Tränen, zu Diamanten erstarrt, weinte Luzifer, als er aus dem Himmel verstoßen wurde. Sechs sind bereits wieder in seinem Besitz, findet er die siebte beginnt das Armageddon. Joanna,die ahnungslose Erbin des Steins, steht zwischen Himmel und Hölle. An ihrer Seite, der Engel Ray.
Eine Fantasy-Story mit erfrischenden Dialogen und der Erkenntnis, dass die Liebe die größte Macht ist.

Die Autorin kommt ursprünglich aus der Werbung und ist seit über zwanzig Jahren im Hauptberuf Sprecherin (TV, Rundfunk, Hörbücher etc.) 2011 kam bereits ihr Kinderbuch: Maxi im Weihnachtswunderland auf den Markt, das sie auch selbst vertont hat.

Bibliografische Information der Deutschen Nationalbibliothek:
Die Deutsche Nationalbibliothek verzeichnet diese Publikation in der Deutschen Nationalbibliografie; detaillierte bibliografische Daten sind im Internet über http://dnb.dnb.de abrufbar.

© *2014 Brigitte Carlsen*

Herstellung und Verlag: BoD – Books on Demand, Norderstedt

ISBN: 978-3-735778109

1

Juli 1889

„Das kann nicht dein Ernst sein! Vater, tu mir das nicht an!" Victorias Augen füllten sich mit Tränen, während sie auf den gebeugten Kopf des Mannes sah. Dessen Schultern zuckten. Er weinte. „Vicki, ich kann nicht anders. Der Mann bringt mich ins Gefängnis, was soll aus deinen Geschwistern werden? Ihr werdet alle im Armenhaus landen." Flehend schaute er seine Tochter an. „Aber du hast doch nichts getan, du bist unschuldig! Wieso glaubt dir denn niemand?" „Vicki, Edouard de Besancourt hat einen einflussreichen Vater. Wer würde sich gegen Pierre de Besancourt wenden? Die meisten Menschen hier sind von ihm abhängig!" Victoria versuchte ihre Fassung wieder zu gewinnen. „Also, jetzt noch einmal langsam. Edouard beschuldigt dich, einen Diamanten gestohlen zu haben." Jean van Leeuwen unterbrach sie.

„Nicht irgendeinen Diamanten, sondern Devils Tear! Einen der berühmtesten Diamanten der Welt."

„Und? Was hast du damit zu tun?"

„Ich habe ihn zuletzt in den Händen gehabt! Ich habe ihn verpackt und in den Tresor gelegt. Und jetzt ist er verschwunden…und...und ich kann nichts beweisen, niemand hat es gesehen!"

„Und deshalb will mich Edouard de Besancourt heiraten? Ich bin doch noch nicht mal eine gute Partie!"

„Aber du bist außergewöhnlich schön, er will dich! Und wenn ich dich nicht zu einer Heirat überreden kann, liefert er mich dem Gericht aus. Dann wandere ich ins Gefängnis und ihr ins Verderben…" Er begann wieder zu schluchzen. „Ihr verliert euer zuhause, denn das Haus gehört den Besancourts, ihr…ihr…" Voller Verzweiflung hieb Jean auf den Tisch. „Vater", Victoria kniete sich vor ihn hin, "du hast mir einmal gesagt, dass ich niemanden heiraten muss, den ich nicht liebe. Ich liebe Henri und er wird mein Ehemann werden!" Jean van Leeuwen sah seine Tochter an.

„Glaub mir Vicki, wenn ich anders hätte handeln können, ich hätte es getan. Wenn es nur um mich ginge,
dann wäre es egal. Aber seit Mutters Tod musst auch
du an deine jüngeren Geschwister denken. Was soll
aus Marie, Christophe, André und Babette werden?"
„Was heißt…heißt du konntest nicht anders handeln?
Hast du…du hast ihm zugesagt?" Er nickte. Diese
Ungeheuerlichkeit raubte ihr den Atem. „Nein!" schrie
sie auf, „Dieser Kerl ist so widerlich, ich will ihn nicht,
ich will ihn nicht!" Jetzt weinten beide. Der Vater, weil
er der Unglücksbote war und Victoria, die in ihr Unglück gehen sollte.

*

Pierre de Besancourt war entsetzt. Eine Schwieger-
tochter aus der Unterschicht! Nun ja, die Mutter kam
aus Adelskreisen. Die schöne Marie, Comtesse De
Lagrange. Pierre de Besancourt lächelte hämisch.
Was hatte sich das Weibsstück doch geziert, als er
zwischen ihre Beine wollte. Aber ein Besancourt bekam immer was er verlangte! In Erinnerung an diesen

Vorfall überlief ihn ein wohliger Schauer. Schließlich musste man als verheirateter Mann doch sein Vergnügen haben. Wenn er an seine unattraktive Frau dachte, die ihm von seinem Vater bestimmt worden war… Gott sei Dank hatte die kleine Lagrange den Mund gehalten und den nicht gerade wohlhabenden van Leeuwen geheiratet. Pierre de Besancourt grinste. Und schon fünf Monate später lag sie in den Wehen. Er stockte. Kruzitürken noch mal! Dann konnte diese Victoria ja eigentlich nur seine Tochter sein, denn die kleine Comtesse war eindeutig noch Jungfrau gewesen und van Leeuwen hatte sie bestimmt nicht vor der Hochzeit bestiegen. Eigentlich sollte er jetzt mit aller Macht eine Ehe verhindern. Ach was, dann schlief sein dämlicher Sohn halt mit seiner Halbschwester, vielleicht kam ja mal was Gescheites dabei raus. Auch musste er zugeben, dass Victoria eine außergewöhnlich schöne Frau war, nicht ganz so schön wie ihre Mutter, aber von großer Anmut und Eleganz. Man musste Jean van Leeuwen bescheini-

gen, dass seine gesamte Brut wohlerzogen und gebildet war. Es hätte schlechter kommen können. Alle
heiratsfähigen guten Partien hätten Edouard niemals
freiwillig zum Mann genommen. Sein Sohn war bekannt für seinen Jähzorn, seinen Hang zum Sadismus
und außerdem war er nicht gerade ansehnlich. Vielleicht wurde durch diese Heirat alles besser. So gab
er letztendlich seinen Segen zu dieser Verbindung.

2

Edouard de Besancourt rieb sich die Hände. Endlich!
Endlich hatte er es geschafft. Die kleine van Leeuwen
gehörte ihm! Auch wenn er seinen Vater hatte überzeugen und ihm den verliebten Jüngling vorspielen
müssen. Vom verschwundenen Devils Tear wusste
der Vater nichts. Alles was zählte, war, dass er bald
Victorias Körper besitzen würde. Er stellte sich in seiner Fantasie vor, was er alles mit ihr anstellen würde…

Edouard ließ sich in einem Sessel vor dem Kamin
nieder.

Mit zufriedenem Grinsen nippte er an einem Cognac.
Hell loderten plötzlich die Flammen auf, ein seltsamer
Schwefelgeruch lag in der Luft und im gegenüber ste-
henden Sessel hatte eine dunkle Gestalt Platz genommen.

Edouard erstarrte. „Guten Abend, mein Freund". Die
Stimme klang tief und rauchig. „Gratuliere zu deinem

Erfolg!" Das Glas in Edouards Hand begann zu zittern. „Wer sind Sie? Was wollen Sie? Wie sind Sie hereingekommen?"

„So viele Fragen auf einmal. Ich bin der, den du gerufen hast. Du wolltest dieses Mädchen, ich will den Diamanten!"

„Diamanten? Welchen Diamanten?"

„Du hast ein schlechtes Erinnerungsvermögen. Warst du es nicht, der die finsteren Mächte heraufbeschworen hat? Du wolltest alles tun, damit du diese Frau bekommst. Und dazu gehört Devils Tear! Du bekommst die Frau, ich den Diamanten." Edouard atmete auf. Ein Verrückter, der den Diamanten haben wollte! „Ich habe ihn leider nicht mehr, der Vater dieses Mädchens hat ihn gestohlen, da musst du dich schon an ihn wenden. Mich würde es auch interessieren, wo er geblieben ist." Täuschte er sich oder begannen die Augen seines Gegenübers zu glühen wie feurige Kohlestückchen? „Mit mir spielt man nicht, mein Freundchen!" Wie von Geisterhand bewegte sich der Sessel von Edouard immer näher auf das Kaminfeuer zu. Er konnte weder aufstehen noch sich irgendwie bewegen. Er versuchte zu schreien. Auch das misslang. Schon hatten die Flammen seine Füße erreicht. Er spürte den Schmerz, versuchte verzweifelt den heißen Zungen zu entkommen. Hoffnungslos! Er war dem Feuer ausgeliefert, roch die verbrannten Pantoffeln, roch verbranntes Fleisch.

Der Sessel fuhr ruckartig zurück und Edouard krümmte sich wimmernd zusammen. „Möchtest du eine weitere Kostprobe? Oder bekomme ich jetzt die richtige Antwort?"

„Du bist der Teufel!" keuchte Edouard.

„Nenn es, wie du willst! Also? Ich warte nicht mehr lange!"

„Ich kann dir den Stein erst geben, wenn ich diese Frau geheiratet habe! Wer weiß, ob sie nicht doch nein sagt!"

Sein Gegenüber lachte. „Nachdem du ihren Vater beschuldigt hast? Mein Lieber, diese Frau hat mehr

Mut als du, sie lässt ihre Familie nicht im Stich! Ich gebe dir noch genau diese Zeit: Einen Tag nach deiner Eheschließung will ich den Stein!"

Die Flammen im Kamin loderten noch einmal hell auf, dann erloschen sie und es war stockdunkel im Raum. Edouard saß wie erstarrt in seinem Sessel. Das Cognacglas war ihm aus der Hand gefallen. Seine Füße schmerzten. Jetzt wusste er, warum man es höllische Schmerzen nannte.

*

„Henri, bitte hör mich an, ich muss ihn heiraten! Das Schicksal meiner Familie hängt davon ab." Flehend hob sie die Hände. Der junge Mann mit den dunklen Haaren schaute sie finster an. „Na klar, er hat ja auch Geld und kann dir alles bieten! Was habe ich schon, ein armer Künstler. Was war ich doch für ein Narr!" Victoria versuchte ihn zu umarmen. Er wich ihr aus.

Seine blauen Augen schauten sie verächtlich an.

„Geh zu ihm, wir haben nichts mehr gemein."

„Henri, du tust mir Unrecht und das weißt du auch. Glaubst du ich freue mich auf so eine Ehe, auf so einen widerlichen Kerl? Ich bin diejenige, die sich opfern muss. So glaub mir doch, es zerreißt mir das Herz! Lass uns wenigstens nicht im Gram auseinander gehen!"

„Wenn du mich wirklich lieben würdest, dann wäre dir deine Familie egal, dann würdest du nein sagen. Es findet sich immer eine Möglichkeit und dein Vater kann dich nicht für seine Verfehlung verantwortlich machen. Aber wahrscheinlich witterst du Morgenluft und ein schönes sorgenfreies Leben! Leben Sie wohl, Madame de Besancourt!" Er verbeugte sich übertrieben tief vor ihr, wandte sich um und ging.

Victoria widerstand dem Drang, ihm nachzulaufen. Dazu war sie zu stolz. Über ihre Wangen strömten die Tränen. Von einem Tag auf den anderen lag ihr Leben, ihre Zukunft, in Trümmern.

3

Das war also der schönste Tag im Leben einer Frau!
Victoria stand vor dem großen Spiegel und betrachtete sich. Das weiße Spitzenkleid bauschte sich über
ihren Hüften und betonte die schmale Taille. Das en-
ge Mieder aus glatter weißer Seide brachte ihre wohl-
geformten Brüste zur Geltung. Am liebsten hätte sie
ihr Dekolletee mit einem Tuch bedeckt. Sie fühlte sich
nackt und beim Gedanken an Edouards gierige Blicke, drehte sich ihr schier der Magen um. Die ge-
schickten Hände ihrer Schwester Babette hatten aus
ihren rotblonden Haaren eine atemberaubende Hoch-
steckfrisur geformt. Ihre großen grünen Augen füllten
sich mit Tränen, als sie an Henri dachte. Er hätte heute neben ihr stehen sollen und nicht dieser hässliche
Mann, der auch noch fast einen Kopf kleiner war als
sie. Edouard de Besancourt hatte das Gesicht eines
Greifvogels, eine leichte Hakennase, ein fliehendes
Kinn und seine wasserblauen unsteten Augen, traten

aus den Höhlen hervor. Voller Grauen dachte Victoria an die bevorstehende Hochzeitsnacht. Was dort passieren sollte, hatte sie aus Dienstbotengeschwätz aufgeschnappt und was sie dort gehört hatte, ließ nicht gerade freudige Erwartung aufkommen.

Babette betrat das Zimmer. „Vicki", mitfühlend legte sie der großen Schwester die Hand auf die Schulter. „Ich habe den Schleier mitgebracht", flüsterte sie fast entschuldigend. Victoria lächelte ihre Schwester traurig an. „Dann los, steck ihn an und bringen wir es hinter uns!"

Das zarte weiße Gebilde verhüllte ihr ovales blasses Gesicht mit den vollen roten Lippen. „Haltung", dachte sie und straffte ihren Rücken.

Es klopfte. Jean van Leeuwen betrat das Zimmer. Der Anblick seiner Tochter im Brautkleid verschlug ihm den Atem. „Du bist wunderschön, mein Kind." Victoria wandte sich um. „Das ist mir egal. Können wir?" Ihre Stimme war eisig. Jean van Leeuwen schluckte. Er wusste, dass seine Tochter ihm diese Ehe niemals verzeihen würde, er wusste, dass sie sich für ihre Familie opferte. Er reichte ihr den Arm. Babette übergab Victoria den Brautstrauß, weiße Rosen und zartgrünes Reseda.

„Bereit?", fragte der Vater. Sie nickte. Babette öffnete ihnen die Tür und sie verließ das Haus ihrer Kindheit für immer.

*

Die Kutsche hielt vor der imposanten weißen Villa der Besancourts.

Wie in Trance hatte Victoria die Trauung und die anschließende Feier erlebt. Die Worte des Pfarrers „bis das der Tod euch scheidet" waren das Einzige, was ihr nachhaltig in Erinnerung geblieben war.

„Komm, meine Schöne!" Edouard verbeugte sich übertrieben und reichte ihr die Hand zum Aussteigen. Mechanisch folgte Victoria der Aufforderung. In der großen Empfangshalle hatte sich die gesamte Dienerschaft versammelt.

Sie hörte die Namen und Positionen der Bediensteten, sah die Knickse und Verbeugungen, defilierte an der Reihe vorbei und wurde von einem jungen Ding mit Namen Mona, die Treppe hinaufgeführt.

„Das ist ihr Zimmer, Madame!" Mona knickste. Victoria betrat einen großen fast quadratischen Raum mit dunkler Holzvertäfelung. Ihr Blick fiel auf ein riesiges Himmelbett mit geschnitzten Pfosten. Im Kamin brannte ein Feuer, denn der April zeigte sich noch von seiner kühlen Seite.

Der einzige vertraute Gegenstand war ihre Mitgifttruhe, die unscheinbar in einer Ecke des Zimmers stand. Mona wies auf einen Toilettentisch. „Ich helfe Ihnen beim Ablegen der Kleider." Mit flinken Fingern entfernte sie den Schleier, öffnete sämtliche Häkchen

des Kleides, war behilflich beim Ausziehen der Unterwäsche und reichte Victoria ein weites weißes Sei-
dennachthemd. Sie ließ sich auf dem Schemel vor
dem Toilettentischspiegel nieder und beobachtete ihre
Zofe, wie diese ihre hochgesteckten Haare löste und
durchbürstete. „Haben Sie noch einen Wunsch, Madame?" Mona blickte abwartend. Victoria schüttelte
den Kopf.

„Danke, du kannst gehen." Das Mädchen knickste und
verließ das Zimmer.

Victoria betrachtete sich im Spiegel. Die Kerzen eines
fünfarmigen Leuchters begannen zu flackern. Erschrocken fuhr sie herum. Durch eine Tapetentür war
Edouard hereingekommen. „Welch bezaubernder Anblick!" säuselte er. Beim Klang seiner Stimme überlief
sie ein Schauer.

Edouard hatte sich auf dem Bett niedergelassen und
klopfte auf den Platz neben sich. „Komm her!" Victoria saß wie festgenagelt auf ihrem Hocker und rührte
sich keinen Millimeter. „Komm her", forderte er jetzt

lauter. „Du bist meine Frau und hast zu folgen!" Zögernd erhob sie sich und bewegte sich langsam auf das Bett zu. Wenn sie gewusst hätte, wie aufreizend das auf ihren Mann wirkte, wäre sie schneller gegangen.

Als sie die Bettkante erreichte, hielt Edouard es nicht mehr länger aus. Er packte sie bei der Hüfte und schmiss sie auf das Lager. Victoria entfuhr ein spitzer Schrei. „Ja, das ist gut, schreien sollst du." Er griff mit beiden Händen in ihren Ausschnitt, mit einem Ruck zerriss er die feine weiße Seide. Vergeblich versuchte Victoria die Stofffetzen über ihren entblößten Körper zu ziehen. Edouard nestelte an seiner Hose herum, streifte sie mitsamt der Unterwäsche in einer ungeduldigen Bewegung herunter und stand nun mit entblößtem Unterleib vor ihr. Entsetzt starrte Victoria auf sein erigiertes Glied. Schnaufend, mit hochrotem Kopf und glasigem Blick warf er sich auf sie. Zitternd presste sie die Beine zusammen. Brutal griff Edouard zwischen ihre Schenkel und drückte sie auseinander.

Victoria fühlte Panik in sich aufsteigen. Sie wollte schreien, da traf Edouards Faust sie mit voller Wucht mitten ins Gesicht. Sie spürte den metallischen Geschmack von Blut in ihrem Mund und versuchte ihrem Peiniger zu entkommen. Victoria strampelte mit den Beinen, trat nach ihm, robbte zur Bettkante. Mit der Ferse erwischte sie seine Schläfe. Einige Sekunden lang hielt er inne, dann verzerrte sich sein Gesicht zu einer teuflischen Fratze. „Du kleines Miststück!" brüllte er. Er schlug erneut nach ihr, traf aber nur ihre Schulter. Victoria raffte die Stofffetzen über ihrer Brust zusammen, rutschte weiter nach hinten und glitt über die Bettkante hinaus. Der Aufprall auf den kalten Boden war schmerzhaft. Sie hörte ein schleifendes Geräusch und dann tauchte Edouard vor ihr auf. In den Händen hielt er seinen Gürtel. Mit wutverzerrtem Gesicht holte er aus und schlug damit auf Victoria ein. Schützend hob sie ihre Arme vor das Gesicht. Trotzdem traf die Gürtelschnalle ihren Mund. Sie fühlte wie ihre Lippe platzte und das Blut am Kinn hinunterlief, wie das Leder Striemen auf ihren Oberarmen hinterließ. Etwas in ihrem Inneren schrie: *Wehr dich!* Die Schmerzen ignorierend erhob sie sich. Nackt stand sie vor ihrem Peiniger, den Blick fest auf ihn geheftet. Wie in Trance bewegte sie sich auf ihn zu. Edouards zum Schlag erhobener Arm erstarrte. Unsicherheit flackerte in seinen Augen auf. „Du willst mich bedrohen, mich, deinen Ehemann?" Kleine Speicheltropfen flogen aus seinem Mund. Er ließ den Gürtel fallen und stürzte sich auf Victoria. Sein Körper riss sie erneut zu Boden. Sie versteifte sich und blickte ihm regungslos in die Augen. Er versuchte sein Glied in sie hineinzuzwingen, aber es war erschlafft. Als er bemerkte, dass seine verzweifelten Bemühungen nichts zustande brachten, ließ er von ihr ab. „Du… du Hexe, das wirst du mir büßen!" Er raffte seine Sachen zusammen und floh förmlich durch die Tapetentür.

*

Schweratmend richtete Victoria sich auf. Erst jetzt
ließ der Schock nach und sie begann unkontrolliert zu
zittern.

Ihre Augen irrten durch den Raum, auf der Suche
nach einer passablen
Waffe. Ihr Blick fiel auf ihre Truhe. Hastig öffnete sie
den Deckel, schob Aussteuer und Schmuck beiseite,
bis sie den schweren wunderschön ziselierten Brieföffner ihrer Mutter gefunden hatte. Er war wie ein
Dolch geformt, wenn auch nicht scharf wie ein Messer, aber lang und spitz. Dankbar presste sie das kalte Metall an ihre Brust. Die Tapetentür! Sie musste
sie irgendwie verriegeln! Sie öffnete sich nach innen,
hatte weder Schloss noch Klinke. Victoria stemmte
sich gegen ihre Truhe und schob sie vor die Tür.
Auch wenn es kein direkter Schutz war, so würde sie

durch den Lärm geweckt werden. Ihre neue Zofe Mona hatte bereits ihre Kleidung in den Schrank geräumt. Victoria suchte nach einem Nachthemd und zerrte ein hellgrünes hochgeschlossenes Baumwollteil hervor. Die zerrissene weiße Seide ließ sie auf dem Boden liegen. Das Mädchen hatte den Krug in der Waschschüssel mit Wasser gefüllt und Victoria goss etwas davon in die Schale. Sie tauchte einen weißen Lappen hinein und trat vor ihren Toilettentisch. Sie erschrak, als sie ihr lädiertes Gesicht sah.

Die Unterlippe war blutig und hatte fast den doppelten Umfang, an ihren Nasenlöchern klebten dicke Blutkrusten und die Umgebung ihres linken Auges war schwarzblau und begann anzuschwellen. Vorsichtig tupfte sie das Blut ab. Ihr Körper schmerzte und überall zeigten sich dunkle Striemen, wo Edouards Gürtel sie getroffen hatte. Sie schleppte sich zu ihrer Bettstatt, zog die Decke bis zum Kinn und fiel in einen unruhigen Schlaf, den schweren Brieföffner fest umklammert.

4

Edouard schäumte vor Wut. Unbeherrscht warf er seine über dem Arm hängenden Kleider auf den Boden seines Zimmers. Das hatte er sich anders vorgestellt! Frauen sollten gefügig sein, ihm zu Diensten! Er war schließlich der Mann und in diesem besonderen Fall, der Ehemann! Er öffnete eine Cognacflasche und trank direkt daraus. Hinter sich spürte er einen eiskalten Luftzug. Er fuhr herum. Die bekannte dunkle Gestalt stand vor ihm. Edouard verspürte in diesem Moment keine Angst, sondern nur unbändigen Zorn. „Wenn du glaubst, du könntest jetzt deinen Diamanten bekommen, dann irrst du dich! Meine Ehe ist noch nicht vollzogen!"

Der Dunkle lachte leise. „So ungeschickt, wie du vorgegangen bist, wirst du sie nie erringen!"

„Woher weißt du…?"

„Ich habe es mit angesehen, sie ist stark, sie ist mutig!" Edouard stieg die Schamesröte ins Gesicht. Er hatte gesehen, wie er auf der ganzen Linie versagt hatte! Seine Wut auf Victoria stieg ins Unermessliche.

„Bestraf sie, " schlug der Dunkle vor, „aber bestraf sie unsichtbar. Wunden und Verletzungen schaffen Mitgefühl für sie. Triff ihre Seele!" „Wenn du doch alles weißt, siehst und über alles Macht hast, " Edouard überlegte kurz, „wieso nimmst du dir Devils Tear nicht einfach?" Der Dunkle schnaubte. „Weil ich den Stein freiwillig aus den Händen eines Menschen empfangen muss. Ich kann ihn mir," er seufzte, „nicht einfach nehmen!" Es fiel ihm hörbar schwer, dies zuzugeben. Edouard sah darin eine Chance. „Ha, also bist du gar nicht so mächtig. Hab ich dich sogar in der Hand?"

Der Dunkle schnaubte. „Ich glaube, du weißt immer noch nicht, was ich dir alles antun kann! Bekomme ich meinen Diamanten nicht, wirst du dir wünschen nie geboren zu sein!" Er sprach mit einer sanften Stimme, beinahe freundlich. „Du kannst mich mal!" schrie Edouard und warf die Cognacflasche nach ihm. Geschickt wich die Gestalt aus und die Flasche zerschellte an der Wand. Augenblicklich spürte er Finger an seinem Hals, die ihm die Luft abschnürten. Mit nur einer Hand hob der Dunkle ihn die Höhe. Hilflos zappelte Edouard in der Luft, versuchte vergeblich die Umklammerung zu lösen, seine Augen traten hervor, er lief blau an. Die Tür zum Herrenzimmer wurde aufgerissen. Aus den Augenwinkeln konnte er im Gegenlicht seinen Vater erkennen. Nie war er ihm so willkommen gewesen wie jetzt. Die Gestalt ließ ihn einfach fallen und verschwand. Edouard war hart aufgeschlagen, er japste nach Luft.

Sein Vater drehte die Gaslampe auf. Verächtlich betrachtete er seinen am Boden liegenden halbnackten Sohn. „Statt dich hier zu besaufen, solltest du lieber deine Gemahlin besteigen und einen Stammhalter zeugen. Aber selbst zum Ficken bist du zu dämlich!" Er drehte sich um und verließ das Zimmer.

Edouard brachte keinen Ton hervor. Er hatte das Gefühl Luft-und Speiseröhre klebten zusammen an den Halswirbeln.

Was für ein Scheißtag! Und das war sein Hochzeits-
tag! Erst verweigerte sich ihm die Frau, dann hatte
dieser Gehörnte auch noch alles mit angesehen, sein
Vater hielt ihn für einen betrunkenen Versager und
körperlich war es ihm auch schon mal besser gegangen. Was hatte dieser dunkle Mistkerl gesagt? *Bestraf
sie…aber bestraf sie unsichtbar!*
Ja, das war es! Sie sollte leiden! Wie hieß doch gleich
noch der Kerl, in den sie verliebt war? Gleich morgen
würde er Mona danach fragen.

5

Victoria erwachte mit schmerzenden Gliedern. Sanftes Morgenlicht fiel durch einen Spalt in den Vorhängen. Es klopfte leise an der Tür. Sie zog die Bettdecke mit der linken Hand bis zum Kinn, in der rechten hielt sie den Brieföffner. „Herein!" Ihre Stimme war nur ein Krächzen. Mona schlüpfte ins Zimmer. „Guten Morgen, Madame! Darf ich die Vorhänge…"

Ihr Blick war auf das geschundene Gesicht von Victoria gefallen. „Oh, mein Gott, Madame, was ist passiert!" Victoria sah sie mit einem Auge an, das andere war vollkommen zugeschwollen. „Es geht schon, danke!" Mona knickste. „Ihr Mann schickt mich, ich soll ihnen beim Ankleiden helfen und sie dann in den Salon begleiten." Ja, war dieses Scheusal denn von allen guten Geistern verlassen? Jetzt sollte sie auch noch vorgeführt werden?

Victoria atmete tief durch. „Dann bring mir das braune Kleid mit den hellblauen Bändern." Das hatte wenigsten lange Ärmel und war hochgeschlossen. Sie nahm vor ihrem Toilettentisch Platz. Aus dem Spiegel blickte ihr ein Monster entgegen. Blau-rot unterlaufene Wangenknochen, ein Auge schwarz-blau zugeschwollen, die Unterlippe war doppelt so dick und hatte in der Nacht noch nachgeblutet.

Vorsichtig griff Mona zur Bürste und richtete ihr das Haar. Jeder Bürstenstrich tat weh. Das Mädchen steckte links und rechts ein Kämmchen in die rotblonden Locken und zupfte ein paar davon in die Stirn. Trotz aller Bemühungen sah sie immer noch entsetzlich aus.

Sie erhob sich so würdevoll wie möglich und wies Mona an, ihr den Weg zum Salon zu zeigen.

Ein offensichtlich gut gelaunter Edouard saß am Frühstückstisch.

„Ah, Gott zum Gruße, meine Schöne, nimm Platz! Es tut mir sehr leid, dass du heute Morgen ein wenig derangiert aussiehst." Victoria funkelte ihn mit einem Auge an. Bevor sie etwas sagen konnte, hatte er ihre Hand ergriffen und tätschelte sie. „Zu dumm auch! Jetzt muss erst alles abheilen, bevor er dich malen kann!"

„Malen? Wen? Mich?"

„Aber natürlich, meine Liebe. Alle Besancourts werden für die Ahnengalerie verewigt, selbstverständlich auch du!"

Sie beugte sich vor. „Dann solltest du dir das Schlagen abgewöhnen, sonst wird es nie ein Bild von mir geben!"

Edouard überhörte ihre Worte. „Ich hoffe, in zwei Wochen bist du wieder so weit hergestellt, das Monsieur Madin dich malen kann!"

„Wer? Wer…soll mich malen?" Sie glaubte ihren Ohren nicht zu trauen.

„Ein Henri Madin, soll ein aufstrebender junger Künstler sein. Und", er machte eine affektierte Handbewegung, „ich gebe gerne neuen Talenten eine Chance. "

Mit einem hämischen Lächeln schritt er aus dem Zimmer und ließ eine fassungslose Victoria zurück.

*

Victoria war sichtlich um Haltung bemüht. Alles in ihrem Inneren war in Aufruhr. Hinter dieser Tür wartete Henri. Sie zögerte die Klinke herunterzudrücken, hätte am liebsten die Flucht ergriffen. Sie holte tief Luft und trat ein.

Mitten in der Bibliothek stand eine Staffelei mit einer noch weißen Leinwand, daneben auf einem Tisch lagen Pinsel und Farben.

Victoria schluckte, als sie in das blasse Gesicht von Henri sah. Er verbeugte sich. „Madame." Seine vertraute Stimme klang ernst und traurig.

Kein Fünkchen Hohn oder Spott war darin zu hören.

„Henri, " ihre Stimme war ein heiseres Flüstern.

„Nehmen Sie bitte dort Platz, Madame." Er wies auf einen zierlichen Rokokosessel. „Das Licht ist dort am besten." Victoria blieb auf dem Weg dorthin vor ihm stehen. „Henri, lass das siezen. Du weißt, dass ich nicht freiwillig in diese Ehe gegangen bin. Wir waren uns so nah, nimm mir nicht die schönen Erinnerungen."

Flehend blickte sie ihn an. Henris Gesicht blieb ausdruckslos, nur die Sehnsucht in seinen blauen Augen, verriet seine Gefühle.

Als er keine Anstalten machte, ihr zu antworten, ging sie zu dem Sessel und nahm darauf Platz.

„Dreh dein Gesicht ein bisschen mehr zu mir und leg deine Hände in den Schoß." Ein Lächeln huschte über Victorias Gesicht. Er hatte sie wieder mit dem vertrauten Du angeredet!

Sie hörte, wie er mit Holzkohle ihre Gestalt skizzierte. Beide sprachen kein Wort und trotzdem waren plötzlich in diesem Raum Wärme und Harmonie.

Victoria seufzte. Zum ersten Mal seit Wochen fühlte sie sich wohl.

Die Stunde ging viel zu schnell vorbei. Henri bedeckte die Leinwand mit einem Tuch und versperrte ihr damit die Sicht auf das Bild. Als er ihre enttäuschte Neugier wahrnahm, huschte erstmals ein Lächeln über sein Gesicht. Scheu lächelte Victoria zurück. Er verbeugte sich und sie stand wieder draußen im dunklen Flur. Alles in ihrem Inneren jubelte. Sie wusste, dass er sie immer noch liebte und dass sie ihn morgen wiedersehen würde. Die Tür zu Edouards Arbeitszimmer stand offen. Es sah aus, als habe er auf sie gewartet. „Meine Liebe, ich hoffe, es hat dir gefallen?" Sein Blick war lauernd. Victoria schaute ihn so freundlich wie möglich an, nickte und beschleunigte ihren Schritt. Edouard blickte nachdenklich hinter ihr her.

*

Victoria hatte es sich in ihrem Bett gemütlich gemacht. Das Klopfen an ihrer Zimmertür ließ sie hochfahren. Bevor sie herein sagen konnte, stand Edouard bereits im Raum. Sie starrte ihn an und ihr Herz schlug angstvoll.

„Du kannst dir sicher denken, weshalb ich hier bin?"
Sie schluckte. „Eine Ehe ist eine Ehe und muss auch
vollzogen werden. Als Ehefrau hast du die Pflicht, solltest du dich weigern, lasse ich sie annullieren und..."er
machte eine Kunstpause, „dein geliebter Vater wan-
dert doch noch ins Gefängnis!" Er hatte ihr Bett erreicht und schob die Decke weg. Victoria schaute ihn
voller Abscheu an. „Du kannst meinen Körper haben,
alles andere bekommst du nie! Und wage es ja nicht,
mich noch einmal zu schlagen…"

„Aber, aber, meine Liebe, das war doch nur, weil du
so widersetzlich warst, da musste ich dir doch zeigen,
wer der Herr ist!"

Während er sprach, hatte er seine Kleidung abgelegt
und stand nun nackt vor ihr. Sie betrachtete seinen
Bauchansatz, die dünnen Ärmchen und seinen riesigen Penis, der rot aus dem dichten Haarbusch her-
vorstand.

Er folgte ihrem Blick. „Ja, "seufzte er, „das ist mein
bestes Stück!". Er umfasste ihn mit einer Hand und

begann diese auf und ab zu bewegen. Er keuchte und kroch auf sie zu, schob ihr das Nachthemd nach oben, streifte den weißen knielangen Schlüpfer hinunter und tastete mit gierigen Blicken ihren nackten Körper ab. Victoria lag völlig erstarrt vor ihm. Als seine Hand in ihren Schambereich griff, zuckte sie kurz zusammen. Denk an Henri, flüsterte sie sich in Gedanken zu. Edouard drückte ihre Schenkel auseinander. Sein Blick wurde glasig. Er bohrte einen Finger in ihre Scheide. Victoria wandte das Gesicht zur Seite und fixierte einen imaginären Punkt an der Wand. Dann durchfuhr sie ein höllischer Schmerz. Edouard war in sie eingedrungen. Während er sich keuchend auf ihr bewegte, liefen ihr die Tränen über die Wangen.

Sein Orgasmus ließ nicht lange auf sich warten. Mit einem wohligen Grunzen rollte er von ihr herunter. Er verschnaufte kurz, erhob sich und verließ das Zimmer. Mit einem Würgegefühl in der Kehle schwang Victoria die Beine aus dem Bett. Als sie aufstand, rannen Blut und Sperma an der Innenseite ihrer Schenkel herunter. Voller Ekel kroch sie zur Waschschüssel und wusch die Körperflüssigkeiten fort.

Sie war gerade damit fertig, als unvermittelt Edouard wieder im Zimmer stand. Er betrachtete sie abschätzig. „Was willst du noch, " fuhr ihn Victoria an. Er lächelte böse. „Ich will mich erkenntlich zeigen. Das ist doch so, wenn zufriedene Männer von einer Hure heruntergestiegen sind, oder?"

Er hielt einen schwarzen Samtbeutel in der Hand. „Da, meine Liebe, das gebe ich dir zur Aufbewahrung und ich rate dir gut darauf aufzupassen. Denn dein Leben und das deiner Familie hängt davon ab." Er wandte sich zum Gehen. „Ach ja, man nennt diesen Stein übrigens Devils Tear!" Mit diesen Worten warf er ihr den Beutel zu und ging.

Draußen vor der Tür rieb er sich die Hände. Da konnte der Dunkle lange warten, jetzt hatte er den Stein ja wirklich nicht mehr und sollte er sich ihn doch von Vic-

toria holen. Mit einem selbstgefälligen Lächeln stieg
er die Treppe hinab.

6

Erst nach und nach löste sich die Starre in Victoria.
Devils Tear! So hatte Vater den Diamanten genannt,
den er angeblich gestohlen haben sollte! Sie öffnete
den Beutel und ließ den Inhalt in ihre Handfläche glei-
ten. Ein möweneigroßer Stein von einer faszinieren-
den Farbe lag darin.
Wie rot überhauchter Bernstein sah er aus. Victoria
drehte die Gaslampe höher und hielt ihn gegen das
Licht. Das Innere des Diamanten schien zu leben.
„Du bist also der Unglücksstein, " flüsterte sie. Wie
konnte ein Mensch so grausam sein. Edouard hatte
alle hintergangen. Mit einer List hatte er sie zur Heirat
gezwungen, ihren Vater wollte er ins Gefängnis bringen, ihre Familie ins Unglück stürzen! Und jetzt war
sie auch noch die Verwalterin dieses Unglücksboten.
Sie stopfte den Diamanten zurück in den Beutel, warf
ihn in ihre Truhe und stapelte ihre Aussteuerwäsche
darüber.

Die Wochen vergingen und der einzige Lichtblick in ihrer qualvollen Ehe waren die Stunden mit Henri. Sie sprachen wieder miteinander, lachten sogar. Aber mehr als eine zarte Berührung gab es nicht.

Fast jede Nacht musste sie ihrem Ehemann zu willen sein, selbst vor ihren unreinen Tagen schreckte er nicht zurück.

Victorias Gedanken stockten. Wann hatte sie ihre letzte Blutung gehabt? „Nein, bitte nicht, " flehte sie innerlich. Sie wollte kein Kind, erst recht nicht von diesem Widerling. Aber ihre Angst wurde zur Gewissheit. Sie war schwanger.

Das Portrait näherte sich seiner Vollendung. Heute war die letzte Sitzung.

„Vicki, warum bist du so traurig?" Henri schaute besorgt. Victoria rang sich ein Lächeln ab. „Weil heute unser letzter gemeinsamer Tag ist."

„Das auch, aber da ist doch noch mehr, du hast Kummer, sag es mir!"

Jetzt konnte sie die Tränen nicht mehr zurückhalten.

„Ich bin schwanger, Henri! Schwanger von diesem Scheusal! Wie soll ich dieses Kind jemals lieben?"

Henri drückte es beinahe das Herz ab. Er schloss die schluchzende Victoria in die Arme und wiegte sie wie ein kleines Mädchen.

Ihre Tränen durchnässten seinen Kittel, er küsste sie auf den Scheitel.

Mit Schwung wurde plötzlich die Tür aufgerissen. Ein wutschnaubender Edouard stand im Raum, hinter ihm mit aufgerissenen Augen Mona.

„Ich störe doch wohl nicht allzu sehr bei diesem Schäferstündchen?" Victoria und Henri fuhren auseinander.

„Ha, wusste ich es doch, dass ihr die Finger nicht voneinander lassen könnt! Mach das du auf dein Zimmer kommst, du billiges Flittchen! Und Sie, mein Herr, ich verlange Satisfaktion!" Victoria stellte sich zwischen die Beiden. „Ich war dir niemals untreu!" schrie sie ihren Mann an, „Gott weiß, ich hätte es gerne getan, aber ein Gelübde ist ein Gelübde!" Edouard hob die Hand um sie zu ohrfeigen. Henri fing den Schlag ab. Victoria strauchelte und fiel zu Boden. Der Maler bückte sich, um ihr aufzuhelfen. Edouard warf sich brüllend auf ihn. Es kam zu einem wilden Handgemenge. Der Tisch mit den Farben kippte um, die auf sich einprügelnden Männer krachten in die Staffelei, das Bild fiel zu Boden und geriet unter die Füße der Kämpfenden. Victoria konnte nur kurz das Porträt einer schönen Frau erkennen, dann wurde es zertreten. „Hört auf! Hört sofort auf!" schrie sie. Durch den Lärm angelockt standen der Hausdiener und ein Zimmermädchen im Türrahmen. Beide wurden zur Seite gefegt, als Pierre de Besancourt hereinstürmte. Er ergriff seinen Sohn am Kragen und zerrte den wild um sich Schlagenden von Henri weg. „Was ist hier los? Das ist ja das reinste Irrenhaus!" Edouard zeigte mit dem Finger auf Victoria. „Diese Metze hat mich betrogen, " er wandte sich Henri zu, „mit ihm!"

„Ist das wahr?" Pierre de Besancourt schaute drohend in Victorias Richtung. Sie hob stolz ihr Kinn. „Nein, aber jetzt wünschte ich, ich hätte es getan!"

„Ich verlange Satisfaktion", kreischte Edouard wie von Sinnen.

„Genau so sehe ich das auch!" Pierre de Besancourt baute sich drohend vor Henri Madin auf. Er erblasste. „Tu es nicht, Henri!" Victoria ergriff seinen Arm. Tieftraurig blickte er sie an. „Ich muss meine und deine Ehre verteidigen. Ich nehme an!"

Edouard überlegte kurz. „Duellpistolen! Morgen früh um sechs am Weiher!" Dann verließ er mit seinem Vater den Raum. Victoria und Henri sahen sich an. „Henri, er wird dich töten! Du hast noch nie eine Waffe in der Hand gehalten! Bitte lass es, geh nicht dort hin!"

„Ich kann nicht, Victoria! Es geht um die Ehre! Mein ganzes Leben würde ich mit dieser Schande leben müssen!"

„Ehre", schnaubte Victoria, „für was? Damit du stirbst und alle sagen, er ist heldenhaft gestorben? Oder so schwer verletzt wirst, dass du dein Leben lang ein Krüppel bleibst?" „Sieh es doch auch mal anders. Vielleicht mache ich dich auch zur Witwe!" Henris makabrer Scherz misslang. „Möge Gott mit dir sein", flüsterte Victoria und floh förmlich vor ihm. In ihrem Zimmer warf sie sich auf ihr Bett. „Gott im Himmel, was habe ich verbrochen, dass du mich so strafst? Hilft mir denn niemand auf der ganzen Welt? Wo bleibt denn mein Schutzengel von dem Pater Frédéric immer gesprochen hat? Jetzt könnte ich seine Hilfe gebrauchen!" Sie krallte sich in die Bettdecke. Ein Weinkrampf ließ ihren Körper zucken und beben. Sie spürte plötzlich eine Hand auf ihrer Schulter. Als sie die Augen öffnete, war der Raum in gleißend helles Licht getaucht.

7

Auf der Bettkante saß ein Mann. Erschrocken fuhr sie zurück. „Wer sind Sie? Was wollen Sie von mir?"

„Du hast mich gerufen, erinnerst du dich nicht?" Die Stimme war voller Wärme und Freundlichkeit. „Ich bin dein Schutzengel." Victoria starrte ihn mit offenem Mund an. Vorsichtig streckte sie die Hand aus und be-rührte seinen Arm. Er lächelte. „Ja, ich sitze hier vor dir und bin echt!"

„Wie…wie heißt du?"

„Da wo ich herkomme, gibt es keine Namen. Ich bin die Lichtgestalt XRY 1157 und bereit dir zu helfen."

„Dann, dann hilf bitte Henri. Er wird sich morgen mit meinem Mann duellieren. Er wird ihn umbringen!" Die Verzweiflung war ihr ins Gesicht geschrieben.

„Dein Mann? Aber solltest du nicht zu deinem Mann halten?"

„Nein, niemals!" Jetzt sprudelten die Worte nur so aus ihr heraus. Der ganze Druck der vergangenen Wochen löste sich. Der Engel saß neben ihr und hörte mit einem konzentrierten Ausdruck zu. Als sie von Devils Tear berichtete verengten sich seine Augen.

„War schon jemand bei dir und hat die Herausgabe verlangt?" Verständnislos sah sie an. „Nein, wer außer den Besancourts hätte ihn haben wollen?"

„Er ist hier, " murmelte die Lichtgestalt.

„Wer?"

„Luzifer."

„Der Teufel?" Blankes Entsetzen zeichnete sich auf Victorias Gesicht ab. „Warum?"

„Das ist eine lange Geschichte."

„Erzähl sie mir."

„Vor Ewigkeiten lebte auch Luzifer unter uns Engeln. Er war der schönste aller Engel. Und Gott hat ihn sehr geliebt. Luzifer wurde immer selbstgefälliger, überheblicher und als Gott seinen Sohn Jesus zu sich holte und ihn an seine Seite setzte, da rebellierte er. Er verweigerte den Gehorsam und zog andere Engel auf seine Seite. Drei Tage haben die Kämpfe gedauert, bis Erzengel Michael es schaffte, ihn zu stürzen. Als

Luzifer begriff, dass er nie wieder in den Himmel zu-
rückkehren konnte, weinte er. Seine Tränen erstarrten zu Stein und du bist im Besitz einer dieser Tränen." Fasziniert hatte Victoria zugehört. „Eine Träne?"

„Ja, es gibt mehrere, um genau zu sein, sieben Stück.
Sechs besitzt er bereits. Wenn er alle zusammen hat,
hat er die Macht in den Himmel zurückzukehren und
Christus herauszufordern. Das darf nicht geschehen.
Das wäre das Ende der Menschheit."

„Der Antichrist", hauchte Victoria erschüttert.

„Ja, das ist er. Und die ersten Zeichen seiner zuneh-
menden Macht sind nicht zu übersehen." Sie schaute
ihn fragend an. „Die ersten Plagen sind bereits da.
Erdbeben, Vulkanausbrüche, Sturmfluten, eisige
Sommer und heiße Winter, all das geht von ihm aus."
Victoria schauderte. „Ich werde den Stein gut verste-
cken." Der Engel nickte zustimmend.

„Ich nehme an, er hat ein Abkommen mit deinem
Mann. Er hat ihn gerufen und um irgendetwas gebe-

ten. Und wenn Luzifer seinen Auftrag erfüllt hat, will er die letzte Träne."

„Aber, ich denke er ist so mächtig, dass er sich alles nehmen kann?" „Schon, nur dies hier nicht, denn Tränen haben etwas mit Gefühlen zu tun. Sie waren die letzte menschenähnliche Regung Luzifers und deshalb muss ein Mensch ihm den Stein überreichen. Versteck ihn vor allem gut vor deinem Mann. Und jetzt schlaf." Zum ersten Mal seit Wochen schlief sie, trotz des bevorstehenden Duells, ruhig und friedlich.

*

Für einen Sommermorgen war es reichlich frisch. Feine Nebelschwaden hingen noch über dem Weiher. Die Morgensonne kämpfte sich durch die Wolken. Henri stand mit einem Freund abseits und beobachtete mit einem beklommenen Gefühl die Gestalten, die um ein Tischchen standen. Pierre de Besancourt fungierte als Sekundant für seinen Sohn. Er klappte einen hölzernen Kasten auf und begutachtete die glänzend polierten Duellpistolen, dann füllte er in beide Schwarzpulver und stopfte jeweils eine Kugel in den Lauf. Der Hausarzt der Besancourts traf ein. Der alte Dubonnet schaute ein wenig griesgrämig. So früh herausfahren zu müssen, um dem Unsinn zweier Hitzköpfe beizuwohnen! Edouard de Besancourt trat unruhig von einem Bein auf das andere.

Er hatte keine Angst. Wenn er mit etwas gut umgehen konnte, dann waren es Waffen. Er blickte in das bleiche Gesicht des jungen Malers. Eigentlich hätte es gar keiner Satisfaktion bedurft. Henri war weder von Adel noch gehörte er dem gehobenen Bürgerstand an. Aber allein der Gedanke, dass dieser junge Schnösel gleich sterben würde und er Victoria seelische Schmerzen zufügen konnte, hinterließ in ihm freudige Erwartung.

Pierre de Besancourt winkte Henri und seinen Freund zu sich heran. „Wählen Sie eine Pistole, Madin", forderte er Henri auf.

Der Maler griff zur nächstbesten. „Wir schießen aus zehn Schritt Entfernung!"

Beide Duellanten stellten sich Rücken an Rücken auf. Sowohl Henri als auch Edouard nahmen am Rand des Platzes eine Bewegung war. Täuschte sich Edouard nur oder hatte er wirklich ganz kurz den Dunklen gesehen?

„Ah, ich habe dich erwartet, mein himmlischer Freund." Luzifer verbeugte sich übertrieben. XRY 1157 war überrascht und irritiert. So also sah der Gehörnte jetzt aus! Zwar war nichts mehr von der jugendlichen Schönheit zu sehen, den goldenen Locken und leuchtend blauen Augen, aber mit seinen nun schwarzen Haaren, dem markanten bleichen Gesicht und den dunklen Augen, die wie zwei Kohlestückchen wirkten, bot er immer noch das Bild eines äußerst attraktiven Mannes.

„Du weißt, warum wir beide hier stehen?" Der Engel stellte die Frage mehr wie eine Feststellung. Der

Dunkle nickte. „Natürlich, heute hole ich mir meine letzte Träne zurück und dann…"er fauchte in seine Richtung, „beginnt das Armageddon!" Seine Augen hatten zu glühen begonnen und sein heißer Atem versengte das weiße Gewand des Engels.

„Achtung!" Pierre de Besancourt gab das Zeichen zum Beginn des Duells.

Die beiden Männer zählten die zehn Schritte. Fast gleichzeitig drehten sie sich herum. Edouard richtete mit ruhiger Hand seine Waffe auf den Gegner. Als sich die Kugel löste, sprang der Engel mit einem Riesensatz in die Schussbahn und lenkte das Geschoss ab. Aber Luzifer hatte nur darauf gewartet. Mit einer bloßen Handbewegung brachte er sie wieder in die ursprüngliche Linie. Dumpf schlug die Kugel in Henris Brustkorb ein. Sein Schuss löste sich erst jetzt und verpuffte in der Luft. Auf dem weißen Hemd breitete sich ein immer größer werdender Blutfleck aus. Der Engel fing den langsam zu Boden sinkenden Körper auf. Henri blickte in das Gesicht der Lichtgestalt und eine unendliche Freude machte sich in ihm breit. Seine Augen brachen, aber auf seinem Gesicht war ein seliges Lächeln.

Der alte Dubonnet beugte sich über ihn. Er fasste in die Halsbeuge, prüfte den Puls und stellte die Diagnose: „Exitus." Edouard blickte verächtlich auf den Toten herab und verließ den Ort.

8

Als Victoria die Kutsche der Besancourts sah und E-
douard, der unverletzt ausstieg, brach sie zusammen.
Henri war tot! „Er ist auf eine weite schöne Reise ins
Licht gegangen. Er hat nicht gelitten. Ich habe ihn be-
gleitet." Der Engel stand in ihrem Zimmer.
„Wieso hast du es nicht verhindert?" Victoria
schluchzte herzzerreißend.
„Ich habe es versucht, aber Luzifer hatte seine Hand
im Spiel. Ich bin dein Schutzengel, meine Kraft war
nicht stark genug für ihn."
Er schaute betrübt und fühlte sich wie ein Versager.
Edouard stürmte ins Zimmer. „Ha, ich hab deinen
Liebhaber mit einem Schuss niedergestreckt. Der
Feigling hatte noch nicht mal auf mich
angelegt!" Stolz zeichnete sich in seinem Gesicht ab.
„Du bist ein durch und durch verdorbener Mensch,
Edouard de Besancourt! Kein Wunder, dass dich nie-
mand liebt, nicht einmal dein Vater und deine Mutter!"

„Lass meine Eltern aus dem Spiel, das geht dich gar nichts an!" Er stampfte hinaus. Musste ihm diese kleine Hure den Triumph zunichtemachen!

Er riss die Tür zum Herrenzimmer auf und schenkte sich dort einen Cognac ein. Vorsichtig spähte er in den Raum. Wieso war der Dunkle noch nicht da. Er hatte ihn eigentlich erwartet. Der Kaminsessel schwenkte herum.

„Hier bin ich, mein Freund! Und ich komme, um mir zu holen, was mir zusteht." Edouard frohlockte innerlich. „Das tut mir leid, lieber Partner, aber meine Ehefrau hat den Diamanten an sich genommen. Sie will ihn nicht mehr hergeben. Wie Frauen halt so sind und ich weiß auch nicht, wo sie ihn versteckt hat." Der Dunkle erstarrte.

„Du holst augenblicklich den Diamanten, du Missgeburt!" Jetzt stand er dicht vor Edouard.
„Das solltest du nicht tun!" Die Stimme, die zu Edouard sprach, drang aus einer Lichtwolke, die neben dem Kamin entstand. Verblüfft blickte der Mann zwi-

schen der dunklen Gestalt mit den glühenden Augen und dem hellen, goldenen Lichtwesen, das aus der Wolke hervortrat, hin und her.

„Du?", keuchte der Dunkle. XRY 1157 antwortete darauf nicht.

„Victoria wird dir nie gehören, egal was diese Kreatur dir erzählen wird. Du hast heute den Mann umgebracht, den sie von Herzen geliebt hat. Lade nicht noch mehr Schuld auf dich. Gib mir den Stein, bei mir ist er sicher bis ans Ende aller Tage!" Dabei schaute er in die Richtung des Dunklen.

„Ich kann es wirklich nicht!" jammerte Edouard, „sie hat ihn versteckt und…"   Luzifers Vorstoß kam abrupt. Er packte ihn mit einer Leichtigkeit und wirbelte ihn durchs Zimmer. Das Glas kollerte über den Boden und er stieß mit dem Kopf an eine Schrankecke. Bevor er sich aufrappeln konnte, flog er erneut durch den Raum. „Du bist erbärmlich, deine Mutter hat dich schon vor deiner Geburt gehasst, dein Vater verachtet dich und auch dein Kind wird nicht geliebt werden!"

„Mein Kind? Welches Kind?" Der Dunkle lachte kehlig.

„Genug!" XRY 1157 schob sich zwischen die beiden.

„Geh mir aus dem Weg, du Himmelsmissgeburt!" fauchte Luzifer.

„Welches Kind?" wiederholte Edouard weinerlich.

„Lass ihn in Ruhe! Die Träne ist schon lange nicht mehr dein Eigentum!" Luzifer holte aus und traf die Lichtgestalt mit voller Wucht. Das weiße Gewand stand augenblicklich in Flammen. Während diese beschäftigt war, den Brand zu löschen, wandte sich der Dunkle diabolisch lächelnd an den auf dem Boden liegenden Mann.

„Sie hat dir also noch nichts gesagt? Du wirst Vater, mein Lieber. Du hast mit deiner Halbschwester ein Kind gezeugt!"

„Mit meiner Halbschwester? Das ist nicht wahr, du lügst!" schrie er.

„Oh, nein, dein Vater hat die Mutter deiner Frau vergewaltigt und daraus ist sie entstanden. Übrigens, dein Vater wusste das!"

Edouard erstarrte. Das konnte doch nicht wahr sein! Sein Vater ließ ihn bewusst Inzest begehen?

„Ich hole deinen Stein!"

„Nein, lass es, das ist dein Untergang, tu es nicht!" XRY 1157 versperrte Edouard den Weg. Der Dunkle stürzte sich auf den Engel und rang ihn zu Boden. „Es reicht! Misch dich nicht in Dinge ein, die dich nichts angehen!" Dabei schlug er mit jedem hervorgestoßenen Wort auf ihn ein. Die Schläge versengten wieder das weiße Gewand und der Brand flackerte erneut auf. XRY 1157 nahm alle Kraft zusammen und konnte den Dunklen von sich drängen und ihn durch den Raum werfen. „Das", rief er ihm zu, „ habe ich dir mitgebracht!" Wie von Geisterhand schwebte in der Mitte des Zimmers ein leuchtendes brennendes Herz. Luzifer erstarrte und blickte wie gebannt auf die Erscheinung. Für einen Augenblick sah der Dunkle verletzlich aus. Edouard hatte alles wie in Trance wahrgenommen. Wie ein Schlafwandler machte er sich auf den Weg. Vor Victorias Schlafgemach blieb er kurz stehen, zog von der gegenüberliegenden Tür den Schlüssel ab und verriegelte ihr Zimmer. Wie gut, dass er ihr untersagt hatte, einen eigenen Schlüssel zu benutzen.

Er klopfte bei seinem Vater. Pierre de Besancourt war erstaunt, dass sein Sohn ihn besuchte. „Ja, was gibt's?"

„Ist Victoria meine Halbschwester?"

„Aber, wie kommst du denn dar…"

„Ist sie meine Halbschwester, ja oder nein?"

„Nun ja, es könnte sein", wand sich der Vater. Er begann sich vor seinem Sohn zu fürchten. „Ja oder nein?" „Ja, " schrie er, „ja sie ist deine Halbschwester! Zufrieden?"

Ohne ein weiteres Wort schritt Edouard an den Kamin und ergriff den Schürhaken. Völlig ruhig und emotionslos hieb er ihn auf den Kopf des Vaters. Pierre de Besancourt sackte zusammen, wollte noch etwas sagen, da erhielt er den nächsten Hieb. Als sein Körper auf den Boden sank, war er bereits tot. Seelenruhig wischte Edouard mit seinem Taschentuch das Blut vom Schürhaken. Genauso ruhig betrat er das Zimmer seiner bettlägerigen Mutter. Die Frau, die unverkennbar Ähnlichkeit mit ihm hatte, schlief tief und fest und so ereilte sie der Tod gänzlich unerwartet. Edouard hatte einen völlig entrückten Gesichtsausdruck. Wie aufgezogen schwenkte er zum Kamin und ergriff ein glühendes Holzscheit. Er warf es auf die Bettdecke seiner Mutter. Dann ergriff er einen Fidibus und entzündete alle Kerzen des fünfarmigen Leuchters. Ein irres Lächeln huschte über sein Gesicht.

„Feuer! Feuer bereinigt alles, Feuer bringt alles wieder ins Reine!" Er hielt die Kerzenflammen an die hauchzarten Vorhänge, die im Nu in Flammen standen. Kichernd verließ er das Zimmer. „Gute Nacht, Frau Mutter!" Überall wo leicht brennbare Gegenstände auftauchten, wurden sie ein Opfer der Kerzenflammen. Er torkelte hustend ins Herrenzimmer zurück. Von beiden Gestalten war nichts mehr zu sehen. „Wo bist du, Teufel? Wo? Ich habe es dir schön gemütlich gemacht, bei dir ist es doch immer so heiß…Wieder wurde er von einem Hustenfall geschüttelt. Ihm wurde schwarz vor Augen. Im oberen Stockwerk explodierten die Gasleitungen.

9

Victoria wachte von einem beißenden Geruch auf.
Rauch! Das war Rauch!

Sie sprang aus dem Bett und rannte zur Tür. Die war
verschlossen. Sie rüttelte an der Klinke und schrie um
Hilfe. Warum hörte sie denn niemand? Panik stieg in
hoch. Feine Qualmwolken drangen durch die Ritzen.
Die Tapetentür! Sie beeilte sich ihre Truhe fortzu-
schieben. Gott sei Dank, die Tür ließ sich öffnen! In
dem dunklen Raum dahinter musste sie nach der
Türe suchen. Da! Victoria drückte die Klinke herunter
und sie sprang auf. Grell lodernde Flammen schlugen
ihr entgegen. Eine unerträgliche Hitze umgab sie. Das
Atmen wurde fast unmöglich. Zurück! Zum Fenster!
Sie floh in den Raum. Als sie die Fensterflügel erreicht
hatte und einen aufriss, stob eine Feuerwalze vom
Flur herein. Der Saum ihres Nachthemds brannte. Ihr
wurde schwindelig. „Es ist vorbei," dachte sie, „jetzt
sterbe ich." Während sie auf den Boden sank, nahm

sie in den lodernden wabernden Flammen eine Gestalt wahr. Dann umfing sie eine Ohnmacht.

Der Engel XRY 1157 trug auf seinen Armen Victoria ins Freie. Die Villa der Besancourts stand in hellen Flammen. Er war umgeben von Stimmengewirr, Schreien, den Sirenen der Feuerwehr. Er hatte Victoria auf dem Rasen abgelegt. „Da, da liegt jemand!" Menschen stürzten auf Victoria zu. Die weiße Gestalt des Engels löste sich langsam auf.

Der Dunkle schäumte vor Wut. Jetzt war wieder eine Chance vertan. Wo war seine letzte Träne? Er packte einen glühenden Dachbalken und warf ihn in die Menge. Ein gellender Schrei verriet ihm, dass er jemanden getroffen hatte. Zornig verschwand in einer Feuerwalze.

Im Hospital wurde fünf Monate später ein Junge geboren. Seine Mutter Victoria hatte seit dem Brand nicht wieder das Bewusstsein erlangt. Der erste Atemzug seines Lebens, war zugleich der letzte seiner Mutter. Ihr Sohn, Philippe de Besancourt, fand ein zuhause bei den van Leeuwens.

*

„Nimm diesen dort!" „Nein, der könnte zu schwierig sein." Irgendwann musst du doch mal wieder anfangen." „Diesen? Soll ich?" „Na klar, mach schon. Zögere nicht!" Er spürte einen Stoß und um ihn herum gischten und glühten orangerote und gleißend gelbe Funken, dann folgte der Fall in die pechschwarze Dunkelheit.

10

2010

„Das ist doch wohl nicht Ihr Ernst, Frau Langveld!"
Thomas Schwarz warf ein Manuskript auf Joannas
Schreibtisch. „Sie sollten über die Brust-OP von Lynn
Driscoll berichten und keine Abhandlung über Sinn
und Nutzen von Silikontitten ! Und jetzt mal ein bisschen Dalli, der Beitrag muss in einer Stunde laufen."
Sie spürte wie die Wut in ihr hochquoll, sagte aber
nichts. Nur solche Nullnummern, tagein, tagaus. Kein
noch so klitzekleiner Anspruch. Aufseufzend machte
Joanna sich ans Werk. Strich hier was weg, ergänzte
dort in dem reißerischen Jargon, den der Sender so
liebte und reichte nach einer Viertelstunde dem CvD,
dem Chef vom Dienst, den Beitrag erneut herein.
„Na sehen Sie, geht doch! Sie haben zuviel Anspruch,
das will unser Publikum nicht hören oder sehen. Wie

sind doch nicht bei arte! So ist es genau richtig. Allerdings, liebe Frau Langveld, ist es diese Woche bereits
das fünfte Mal, dass Sie am Thema vorbei schreiben.
Ich habe auch noch etwas anderes zu tun, als ständig
alles nach zu bearbeiten. Nehmen Sie sich mal ein
Beispiel an Ihren Kollegen. Da habe ich höchstens
mal ein paar grammatikalische Korrekturen. Und nun,
ab zum Vertonen !" Er winkte sie aus dem Zimmer,
wie man eine lästige Fliege verscheucht. Am liebsten
hätte Joanna ihm auf seine feisten Hängebäckchen
gehauen.

Andy aus der Tonregie nahm sein Butterbrot aus dem
Mund. „ Ah, Joanna, da ist ja meine Supernova.
Schmeiß rüber! Oho, Titten..."nickte er anerkennend,
während er das Band ein Stück vorspulte. „Ja, was
ganz Neues aus unserem Wissenschafts-Magazin."
Ihre Stimme triefte vor Sarkasmus. Innerhalb von drei
Minuten war der Beitrag vertont. Andy schaute die
junge Frau bewundernd an. „Weiß unser Sender eigentlich, dass du pures Gold für ihn bist?" „ Scheint

bisher noch niemandem aufgefallen zu sein, außer dir natürlich." Sie rang sich ein Lächeln ab und brachte das Band in die Senderegie. Auf dem Rückweg steckte Joanna den Kopf noch mal in Schwarz' Zimmer. „Ich gehe jetzt nach Hause, ich hatte gestern bis 0 Uhr Dienst und bin heute Morgen für Elena eingesprungen. Sie übernimmt jetzt meine Schicht." Thomas Schwarz blickte leicht abwesend hoch, nickte und wandte sich sofort wieder etwas anderem zu. „Eigentlich doch total egal, ob ich hier bin oder nicht ! Schwarz nimmt mich nur dann wahr, wenn ich Fehler mache und die Kollegen freuen sich nur, wenn ich für sie einspringe!" Resigniert packte sie ihre Tasche und verließ das Sendegebäude.

*

Schwül war es an diesem Julitag. Gewitter lag in der Luft. Es war jetzt sechs Uhr abends und Regina, ihre

Freundin, hatte noch gar nicht zurückgerufen. Kam sie nun heute Abend zum Essen oder nicht? Michael hatte sich auch nicht gemeldet. Joanna kramte ihr Handy hervor und wählte Reginas Nummer. Es dauerte eine Weile bis sich eine atemlose Stimme meldete. „Ja?" „Ich bin's! Wo steckst du denn gerade? Hast du einen Dauerlauf gemacht?" „Nein, oh..chh..aah, nein, ich habe Kopfschmerzen." „ Kommst du denn heute Abend zum Essen?" „Wie? Zum Essen...nee, tut mir Leid. Du ich ruf dich nachher noch mal an." Klack, und das Gespräch war beendet.

Hoppla, na dann nicht, dann wurde es halt ein romantischer Abend zu zweit. Nur sie und Micha! Da konnte sie ja noch was Schnuckeliges zubereiten! Früh Feierabend zu haben, hatte doch was. Bepackt mit Lebensmitteln erreichte Joanna das alte Patrizierhaus, in dem sie wohnten. Vor der Tür parkte Michaels Wagen. He, das war ja fantastisch.

Er hatte auch früher frei. Winter/Langveld stand auf dem Messingklingelschild. In vier Wochen würde da nur noch Langveld stehen. Michael hatte sich überraschend für ihren Namen entschieden, als Zeichen seiner Liebe, sagte er.

„Micha? Wo bist du? Michael?" Joanna lauschte. War da nicht gerade ein Geräusch? Sie blickte in die Küche. Nichts. Im Wohnzimmer? Auch nichts.

Sie stieß die Tür zum Schlafzimmer auf. „Michae..." Das Wort starb in ihrer Kehle.

Auf ihrem gemeinsamen Bett wälzten sich zwei nackte Gestalten. Eine war eindeutig Michael und die Frau? In diesem Moment tauchte deren verschwitztes Gesicht aus den Kissen auf. „Regina?! Du?" Die beiden fuhren auseinander. Joanna hatte das Gefühl, jemand zöge ihr den Boden unter den Füßen weg. So was hatte sie mal geträumt, ein Albtraum, und jetzt war er real. Wie in einem schlechten Film!

„Joanna, bleib hier, lass dir erklären..." In der Diele stolperte sie über die Einkaufstüte. Der Inhalt kollerte heraus, sie rutschte fast auf den Trauben aus, riss torkelnd ihre Handtasche vom Garderobenhaken und rannte aus dem Haus. Nicht nach rechts oder links sehend sprintete Joanna die Straße hinunter, rempelte Passanten an und kam erst im Stadtpark mit pfeifendem Atem und Seitenstichen zum Stehen. Michael und Regina. Regina und Michael. Ihr Freund und ihre beste Freundin! Sie hatte den Ententeich erreicht. Hier hatten Michael und sie vorgestern noch die Tiere gefüttert, im Gras gesessen, Pläne geschmiedet. Das Handy klingelte. Im Display sah Joanna, dass es Michael war, der anrief. In hohem Bogen flog das düdelnde Silberding ins Wasser. Sollte er sich doch mit den Fischen unterhalten! Sie lehnte sich an den Stamm der großen Trauerweide. Wie passend! Fast hätte sie hysterisch gelacht. Lieber aber wollte Joanna weinen, doch es kamen keine Tränen. Wie lange trieben die beiden es eigentlich schon? Hatte es Anzeichen gegeben und sie hatte die übersehen? Wieso war sie so blind gewesen? Fragen über Fragen. Hätte sie da bleiben sollen? Vor ihrem geistigen Auge sah Joanna sich mit einem großen Messer in der Hand, mit dem sie Regina zwang ohne Kleider auf die Straße zu laufen. Hörte Michael winseln, ihm die Eier nicht abzuschneiden. Ha! Sie verfiel in dumpfes Rachebrüten. Der Himmel hatte sich verdunkelt, erste Tropfen fielen. Im Ausflugslokal gegenüber gingen schon die Lichter an.

„Na, prima!" rief sie gen Himmel, „Passt ja zu meiner Stimmung. Muss das denn auch noch sein?" Bevor das Unwetter richtig losbrach, wollte sie erst einmal ins Trockene. Am besten ins Restaurant da drüben. Als Joanna schon durch die Türe trat, fiel ihr siedend heiß ein, dass das Portemonnaie noch in der Einkaufstüte war! Sie lächelte den Kellner entschuldigend an und verschwand Richtung Toiletten. Hier stand sie nun vor dem Spiegel, die Hände auf den Waschbeckenrand gestützt und badete in Selbstmitleid. Ein blasses trauriges Gesicht blickte ihr entgegen. „Ist Regina so viel hübscher als ich? Was hat sie, was ich nicht habe?" Diese Frage, die sich Tausende von Frauen tagtäglich auf der ganzen Welt stellen und die doch niemand richtig beantworten konnte. Ihre grünen Augen glitten prüfend über die schmale Nase mit dem leichten Aufwärtsschwung und die etwas zu vollen Lippen. Sie schnitt sich eine Grimasse. Aufseufzend strich Joanna ihr rotblondes Haar aus der Stirn. Was sollte sie nun machen? Sie konnte ja nicht eine Ewigkeit hier auf dem Klo verbringen. Sie atmete tief durch, ging im Lokal lächelnd an dem Kellner vorbei und trat wieder ins Freie. Menschen mit Regenschirmen hasteten vorüber. Die ersten Blitze zuckten, Donner grollte und der Regen begann zu prasseln. Plötzlich verspürte sie ein unbändiges Verlangen durch das Unwetter zu laufen. „Vielleicht trifft mich ja ein Blitz und alles ist vorbei!" Joanna setzte sich auf eine Parkbank in der Nähe eines großen Baumes. Endlich liefen auch die Tränen und vermischten sich mit den dicken Tropfen. Haare und Bluse klebten wie eine zweite Haut an ihr. Der Park war jetzt einsam und verlassen. Wohin sollte sie heute Nacht gehen? Nach Hause zurück? Niemals! Zur einer Freundin? Zu welcher Freundin? Regina hatte ja jetzt etwas anderes vor. Zu den Eltern fahren? Bloß nicht, das „Kind-was-hast-du-jetzt-schon-wieder-vermasselt ", klang bereits in ihren Ohren. „Warum?" brüllte sie und hieb dabei auf die Holzlehne der Bank, „Warum?" Warum gehen alle meine Beziehungen schief? Was mache ich denn falsch? Warum finde ich denn nie meinen Mister Right? Lieber Gott, gibt es denn niemanden, der mir zeigt, wie es richtig geht?" Oh, es tat so verdammt weh, diese Demütigung, die Zurückweisung und vor allen Dingen der Verrat der beiden Menschen, die sie liebte... geliebt hatte. Wie konnte sie nur so naiv sein?

11

„Ich bin halt eine Versagerin", schluchzte sie. „Nein, das bist du nicht." Die warme weiche Stimme neben ihr, streichelte sie. „Ach, was wissen Sie denn schon," heulte Joanna auf. Dann stieß sie einen spitzen Schrei aus. Da hatte sich jemand unbemerkt neben sie auf die Bank gesetzt! Erschrocken starrte sie den Mann an ihrer Seite an. Er war groß, seine schlanke Hand berührte ihre Schulter und sein Gesicht drückte Mitgefühl aus. „Wein ruhig, Tränen helfen bei der Seelenwäsche."

Das hatte ihr noch gefehlt! Setzte sich so ein Kerl neben sie und baggerte sie an. Die junge Frau wischte sich mit dem Handrücken über Nase und Augen, Tränen und Mascaraspuren klebten daran.

„Gehen Sie bitte, mir ist nicht nach Anmache!" Er beugte sich vor.

„Anmachen? Das will ich bestimmt nicht, was immer das auch sein mag. Aber ich bin schon deinetwegen

hier." Seine goldbraunen Augen blickten sie freundlich an. Wieso konnte sie überhaupt seine Augenfarbe
erkennen? Es war doch dunkel. Sie schaute sich um.
Ja, der Park war dunkel, aber die Bank lag in einem
hellen warmen Licht. Der Mann neben ihr hatte eine
weiße Tunika und weiße weite Hosen an.

„Wer...wer sind Sie?"
„Oh, es war noch keine Gelegenheit sich vorzustel-
len. Ich heiße XRY 1157."
„Was soll das? Ist das Ihre Autonummer? Oder sind
Sie etwa aus einer Anstalt ausgebrochen" Joanna
rutschte ängstlich ein Stück zur Seite.
„Nein, ich bin nicht aus dieser Welt." Er sagte es so
selbstverständlich, als hätte er sich mit: Meier, ich
komme aus Hamburg, vorgestellt.
„Sie machen mir Angst. Ist es das was Sie wollen?
Mich zittern sehen? Kann ich in meiner Verfassung
auch noch damit dienen. Da schauen Sie hin. Zufrieden?" Hysterisch hielt sie ihre zitternden Hände hoch.

Er ergriff ihre Finger und durch ihren Körper zog plötzlich ein warmes, ruhiges Gefühl.

„Joanna, hab keine Angst. Ich sage die Wahrheit. Hörst du den Regen, siehst du die Dunkelheit?" Sie nickte.

„Und? Werden wir nass? Sitzen wir im Dunkeln?"

Er hatte ja Recht! Sie konnte den prasselnden Regen hören, ihn riechen - aber sie saßen im Trockenen! Rundherum war Finsternis, aber sie saßen im Licht!

"Wer...wer bist du", flüsterte Joanna und merkte dabei gar nicht, dass sie zum vertraulichen Du übergegangen war, „und woher kennst du meinen Namen?"

„Ich sagte es schon, XRY 1157. Eine Lichtgestalt, ihr hier sagt dazu Engel. Uns bleibt nichts verborgen, auch keine Namen."

„Engel ? Aber du bist so real, du siehst so menschlich aus... naja, bis auf die Kleider." XRY 1157 sah an sich herunter. „Was ist damit? Stimmt was nicht?"

„Hm, es sieht ein bisschen aus, wie ein Schlafanzug."

„Nun meine alten Sachen sind ein wenig ramponiert, ich habe sie das letzte Mal vor 120 Jahren getragen. Deshalb habe ich unsere Alltagskleidung anbehalten."

„Vor 120 Jahren? Da hast du also hier schon mal gelebt?" Er schüttelte den Kopf. „Nein, da war ich auch in einer Mission unterwegs."

„Hast du denn nie gelebt, so als Mensch?"

„Du meinst als Sterblicher?" Joanna nickte.

„Nein, niemals. Engel sind Engel, Menschen sind Menschen. Und jetzt erzähl mir deinen Kummer, ich kann gut zuhören." Das fehlte ihr noch, dass sie einem Wildfremden ihr Leben erzählte. Und während sie diesen Gedanken noch zu Ende dachte, hörte sie sich reden. Erst stockend, dann immer flüssiger. Sie hatte das Gefühl neben sich zu stehen.

„Wo fang ich am besten an? Vielleicht mit Horst, meine erste Bauchlandung... Ich habe das Geld nach Hause gebracht, Horst hat es hinaus getragen. Er wollte schließlich ein berühmter Anwalt werden. Dazu brauchte er nun mal Top-Kleidung, und viel Zeit für ein intensives Studium." Bitter fügte sie hinzu: „Vor allen Dingen an seinen Kommilitoninnen. Vielleicht hätte er besser Frauenarzt werden sollen, genug Versuchsobjekte hatte er ja. Bei der Trennung hieß es, ich hätte die Hosen angehabt, ihn gegängelt, ihm die Luft zum Atmen genommen. Ich habe lange gebraucht, mein Selbstwertgefühl wieder auf und meine Schulden abzubauen."

„Wenigstens hast Du Deinen Humor nicht verloren, das ist eine wichtige Eigenschaft." Der weißgekleidete Mann schaute sie aufmunternd an.

„Tja, und dann kam lange Zeit nichts, zwei kurze Affären, die auch in die Hose gingen und dann Michael. Er sieht toll aus, ist erfolgreich und er wollte mich! Mich, nur mich. Er gefiel sich in der Rolle des Machos und ich bin darauf eingegangen. Und bis heute war ich ja auch glücklich. Oder blind?" Dann schilderte Joanna dem Fremden den Albtraum vom Nachmittag. „So, das war meine Geschichte. Du siehst, egal wie ich mich verhalte, das Ergebnis ist stets das gleiche, " Sie spürte wie sie verlegen wurde. „Ich habe halt kein Glück, es geht immer alles in die Brüche. Selbst mit Freundinnen. Beruflich geht es auch nicht vorwärts. Sag mir warum ich weitermachen sollte…mit dem Leben, mich vermisst doch eh keiner. Wenn Du jetzt sagst meine Eltern... nee, die finden meinen Bruder ganz toll, der kann alles und ich nichts." „Sieh es doch mal so, du hast jetzt die einmalige Chance völlig neu zu beginnen. Wirf allen alten Ballast über Bord und betritt neue Räume. Ich werde dir die Türen aufhalten."

Zum ersten Mal wagte sie XRY 1157 ganz bewusst anzuschauen. Was Joanna sah, gefiel ihr außerordentlich. „Wärst du ein Mensch, also ein männlicher Mensch, dann würden dir die Frauen in Scharen hinterherlaufen."

Er sah sie fragend an.

„Du siehst einfach toll aus. Ich kann es dir ja sagen. Du bist groß und… darf ich?" Sie packte seine muskulösen Oberarme an. „ Kräftig, schlank und dein

Gesicht ist… ist einfach unbeschreiblich." Er hatte eine hohe gerade Stirn, eine schlanke Nase, einen sinnlichen Mund. Das kurze dunkelbraune Haar saß wie eine Mephistokappe auf dem Kopf. In seinen braunen Augen schwammen kleine Goldpünktchen. Joanna riss ihren Blick los. „ Das fehlt mir gerade noch, dass ich dich anhimmle wie ein Schulmädchen. Schluss mit der Gefühlsduselei. Ich muss dich mal was ganz pragmatisches fragen: Sag mir, wo ich heute schlafen soll?" „Also, vertraust du mir?"
„Bleibt mir eine andere Wahl? "
Er schüttelte den Kopf. „Dann folge mir, ich zeige dir, woher wir kommen."

12

Unter einem Schirm von Licht gingen sie durch den Park. „Sag einmal, was denken denn die anderen, wenn sie uns sehen?"

Er lächelte verschmitzt. „Sie sehen uns aber nicht."

„Was? Du meinst wir sind unsichtbar?"

„Nein, ich bin unsichtbar, dich können alle erkennen und sie sehen auch kein Licht." „Das heißt also, dich wird man niemals sehen können?"

„Doch, das liegt an mir. Ich kann sichtbar und unsichtbar sein. Ganz wie ich es will oder brauche."

Sie seufzte. „Das hätte ich in meinem Leben schon öfter benötigt."

„Das wünschen sich viele Menschen. Aber sie würden diese Eigenschaft missbrauchen. Zum Spionieren, um Anderen und sich selbst zu schaden. Sie würden viele unschöne Dinge über sich selbst erfahren, das Leben hielte keine Überraschungen mehr bereit. Nein, für einen Menschen ist das nichts." Sie hatten den großen Brunnen im Zentrum des Parks erreicht. „Hier entlang."

Zwei mächtige Büsche standen vor ihnen. Die Blütendolden neigten sich regenschwer, süß und stark duftend zur Erde. XRY 1157 hob die rechte Hand und führte behutsam eine Abwärtsbewegung aus. Die Büsche teilten sich und gaben eine alte Steintreppe frei. Sie hielt sich an seinem Arm fest und folgte ihm atemlos. So etwas gab es doch nicht, das musste sie träumen. Joanna kniff sich in den Arm. Es tat weh. Es war also wahr! Links und rechts neben der Treppe ragte altes Mauerwerk empor, der rötliche Stein, grau überhaucht.

Sie erreichten ein schmiedeeisernes Tor. Eine Handbewegung und die Tür schwang auf. Vor ihnen lag ein langer dunkler Korridor. An den Wänden hingen Lampen, die aussahen wie kleine Vollmonde. Ihr Licht war nicht wirklich hell, irgendwie dunkel und unheimlich.

„Wir sind da, bist du bereit?"

Joanna nickte. Angst und Aufregung schnürten ihr die Kehle zu. Das war alles so unwirklich, so verrückt.

Eine große schwarze Pforte öffnete sich langsam und geräuschlos. Gleißendes Licht quoll aus der Tür, umschlang ihre Körper. Sie badeten richtig in diesem hellgoldenen Schein. Er nahm einem die Sicht, aber er tat den Augen nicht weh. Allmählich gewöhnte sie sich daran und konnte Gestalten erkennen. Sie waren alle ähnlich gekleidet wie ihr Begleiter. Überall blühten Blumen und Büsche. Ein Schmetterling, bunt und groß, wie eine Untertasse, flog mit lautlosem Flügelschlag an ihr vorbei. Ein weißer Brunnen plätscherte in der Mitte. „Ich bin tot," dachte Joanna, „ich bin tot und das muss das Paradies sein." Aus einer Gruppe löste sich ein älterer Mann.

„Du hast deine Schutzbefohlene also mitgebracht? XRY 1157, ständig musst du gegen die Regeln verstoßen."

„Er kann nichts dafür. Ich habe ihn gebeten, ich …ich wusste nicht wohin heute Nacht." Joanna blickte ihn entschuldigend an.

Trotz des Tadels in der Stimme des alten Mannes, schauten seine Augen gütig und er lächelte sie verständnisvoll an, warf XRY 1157 aber einen undefinierbaren Blick zu.

„Du wirst sicher großes Interesse daran haben, wie wir hier so arbeiten." Sie nickte.

„Wie Du siehst sind wir eine gemischte Schar. Ich bin ADH 31 und der Sprecher unserer Sektion."

„Sektion?"

„Nun ja, jedes Land der Welt hat solche Sektionen, wir können ja nicht überall gleichzeitig sein."

Eine junge blonde Frau schwebte heran.

„Willkommen!" Ihre Stimme war wie ein sanfter Hauch. „Trink etwas." Sie hielt Joanna einen Becher mit einer rosa Flüssigkeit hin. Dankend nahm sie das Getränk entgegen.

Es schmeckte... unbeschreiblich. Prickelnd wie Champagner, süß wie Fruchtsaft, ja, wie... „Ist das der berühmte Nektar, der in den Göttersagen vorkommt?"

Ihre Frage löste fröhliches Gelächter aus.

Die Anderen hatten inzwischen einen Kreis gebildet. Joannas Engel nickte.

„So etwas ähnliches. Es fließt dort aus dem Brunnen, du kannst dir jederzeit etwas nachnehmen. Wir trinken nichts davon."

„Ist...ist es etwa giftig?"

„Nein, wir Vollengel brauchen weder Nahrung noch Flüssigkeit. Ich könnte dir auch nicht sagen wie etwas schmeckt, wir haben keinen Geschmacks- oder Geruchssinn."

„Dann entgeht dir aber was."

Er lächelte. „Wir wissen es nicht besser, also vermissen wir auch nichts."

Ein Kind lief an ihnen vorbei. „Ihr habt auch Kinder hier?"

„Na, selbstverständlich. Schutzengel für Kinder. Wenn die Kummer haben, schütten sie ihr Herz lieber einem Gleichaltrigen aus, als einem Erwachsenen. Ist aber von Fall zu Fall verschieden", erklärte ADH 31. „Wir haben alle Altersstufen und Geschlechter hier vertreten."

„Und wie funktioniert das alles? Woher wisst ihr, dass euch ein Mensch braucht?"

XRY 1157 legte einen Arm um Joanna.
„Komm, ich zeige es dir."

*

Eine feine Nebelwand trennte einen Bereich ab. Sie schritten hindurch. „Das ist unsere Futura Magica." Er wies auf einen großen runden Gegenstand.
„Das sieht fast aus wie ein sehr edler Designer-Globus."

„Ist auch eurer Weltkugel sehr ähnlich. Schau, hier ungefähr sind wir." Er wies auf die heimatliche Landkarte. Mit derselben Handbewegung wie am Tor, öffnete er einen Teil der Kugel und wie aus einer geschälten Apfelsine klappte ein Segment heraus, entfaltete sich und gab den Blick frei in eine unergründliche blaue Tiefe.

„Das ist irgendwie unheimlich. So als ob ich in den Ozean schaue." Sie schauderte.

„Jetzt pass auf." XRY 1157 strich mit Zeige- und Mittelfinger sanft über die ebene Fläche. Kleine Wellen erschienen und plötzlich, wie bei einem Feuerwerk tauchten gelb-orangefarbene Punkte unterschiedlicher Größe auf. Manche wirbelten umher, andere verharrten auf der Stelle, um dann mit enormer Geschwindigkeit ihre Position zu wechseln.

Joanna wich erschrocken zurück. „Was ist daaas?"

„Das sind alles Menschen, die nach Hilfe rufen, denn nur dann kommen wir auch."

„Und weshalb sind diese Lichter unterschiedlich groß?"

„Die Großen sind die schweren Fälle. Die Kleinen haben auch Probleme, aber Du siehst wie sie noch herumwirbeln, unschlüssig sind und hier..." er wies auf einen kleinen hellgelben Punkt, „dieser hier wird gleich verlöschen. Er hat entweder selbst eine Lösung gefunden oder ein Freund hat ihm geholfen. Bevor wir starten, warten wir immer eine Weile, ob die Menschen sich selbst helfen können." Noch während XRY 1157 sprach verlosch das Licht.

„Und wie erfahrt ihr, wer sich hinter diesen Punkten verbirgt?"

„Wir berühren ihn, um ihn sichtbar zu machen."

„Oh, zeig doch mal."

Er schüttelte den Kopf. „Nein, das kann ich nicht. Das dürfen nur wir Lichtgestalten sehen."

Fasziniert folgte ihr Blick den glühenden Tupfern. Brennende Neugier regte sich. Sie hob die Hand und

versuchte Zeige-und Mittelfinger in das Blau zu tau-
chen.

„Au." Die Oberfläche war glashart und Joanna hatte
sich die Fingerkuppen geprellt.
XRY 1157 lachte. „Das ihr Menschenkinder doch nie
gehorchen könnt."
Schuldbewusst schaute sie ihn an und rieb ihre
schmerzenden Finger. „'tschuldigung. Aber eine Bitte
könntest du mir erfüllen." Er blickte fragend.
„Darf ich dir einen Namen geben? Ich kann dich doch
nicht immer XRY 1157 nennen!"
„Nur zu, welcher darf es denn sein?
„Ich habe an Ray gedacht, das kommt deinem wirklichen Namen ziemlich nahe."
„Ray? Ray! Hört sich nicht übel an. Ray! Geht in Ordnung. Und nun lass uns wieder zu den Anderen gehen." Ray schloss mit einer sanften Handbewegung
die große blaue Kugel und sie traten wieder durch den
Nebelschleier in den hell erleuchteten Raum.

Er wies auf eine Ecke, deren Boden gänzlich mit weichem Moos bedeckt war. Beide ließen sich darauf nieder. Links neben ihnen öffnete sich eine weite Landschaft. Joanna sah ein tiefes Tal. Ein Fluss schlängelte sich hindurch. An den Ufern standen Pflanzen, die sie noch nie gesehen hatte. Sattgrüne große Blätter, dazwischen riesige gelbe und rote Blüten. „Wunderschön." Sie wandte sich Ray zu. „Und seit 120 Jahren wohnst du hier?"

„Nein, hier ist nur die Sektion. Ich war in der Zentrale." Ray wandte den Blick nach oben.

„Wieso hat es eigentlich 120 Jahre gedauert, bis du wieder auf die Erde gekommen bist? Dauert es immer so lange?" Zum ersten Mal sah sie ihn verlegen.

„Nein, normalerweise ist die Zeitspanne kürzer. Aber es gab da einige Unstimmigkeiten mit IHM. Damals ist nicht alles so gelaufen, wie es sollte. Und deshalb wurde ich für einige Zeit vom Dienst suspendiert."

„Für einige Zeit? 120 Jahre sind doch keine Kleinigkeit!"

„Zeit bedeutet nicht das Gleiche für uns wie für euch. Für uns ist Zeit relativ."

„Aha, und dann bist du wieder hierhergekommen und hast mich ausgesucht. Wieso gerade mich?"

„Ich habe deinen leuchtenden Punkt berührt, das war alles. Wenn das geschieht, muss ich mich auf den Weg machen und dein Problem sieht nicht unlösbar aus. Nach meiner langen Abstinenz bist du genau die richtige Aufgabe für mich gewesen."

„Oh." Joanna war enttäuscht. Sie war also nur so eine Art Testpunkt, herausgefischt, wie aus einer Tombolatrommel.

Ray lächelte wissend und zu ihrem Ärger wurde sie rot.

„Sei doch froh, es war ein Glücksgriff." Dann fügte er hinzu: „Für Beide. Und jetzt streck dich aus und schlaf. Wir haben noch viel vor."

Der Himmel über dem Tal hatte sich verdunkelt und die Sichel des Mondes erschien über der Klippe. Die Blumen dufteten süß, aus weiter Ferne wehte eine

zarte Melodie herüber. Joanna schloss die Augen
und schlief auf der Stelle ein.

13

„Wie hat sie das rausbekommen?" Regina raffte ihre Sachen zusammen.

„Das war einfach Pech. Ein unglücklicher Zufall. Nun geh doch endlich ran." Michael wählte erneut Joannas Handynummer. „Mist, jetzt hat sie ausgeschaltet."
Regina schloss den Gürtel ihrer Hose. „Herrgott ist mir das peinlich. Joanna ist meine beste Freundin." Sie warf die langen blonden Haare zurück und band sie zusammen.

„Ach, die kriegt sich schon wieder ein. Die ist genauso spießig wie ihre Eltern. Du glaubst doch nicht allen Ernstes, dass sie die Hochzeit platzen lässt? Schließlich ist alles bis ins kleinste geplant, zig Gäste eingeladen, ich fürchte allerdings", dabei zog ein Grinsen über sein Gesicht, „auf dich als Trauzeugin wird sie wohl verzichten."

„Haha, sehr witzig. Du mogelst dich fein aus der Sache raus und ich habe den schwarzen Peter."

„Na, für mich wird das doch auch nicht einfach. Ich muss jetzt erst mal einen auf zerknirscht machen, ein schönes Geschenk besorgen und einen riesigen Strauss Rosen." Michaels Versuch, betrübt auszusehen, misslang. Seine blauen Augen mit den langen dunklen Wimpern straften seine Worte Lügen.

„Und was wird bitte schön mit mir?" Regina stand dicht vor ihm.

Er legte seine Hände auf ihre Brüste und rieb sanft die Brustwarzen. „Mit uns wird das so weitergehen wie bisher." Seine Lippen zupften an ihrem Ohrläppchen. „Wir müssen halt nur eine kleine Pause einlegen," flüsterte er heiser. „Aber noch können wir das beenden, wobei wir gerade unterbrochen wurden." Seine Hand schob sich fordernd in ihren Schritt. Regina stieß ihn zurück.

„Du spinnst wohl. Wie kannst du in diesem Moment ans Vögeln denken? Hast du vielleicht auch mal daran gedacht, dass ich mehr von dir wollte als nur Sex?

Vielleicht ist das ja endlich die Entscheidung, wenn auch nicht gerade auf die feine Art."

Michael strich sich die dunklen Haare aus der Stirn. „Das, meine Liebe, war nicht ausgemacht. Eine Affäre, ja. Mehr aber nicht. Du bist recht gut im Bett, ich vögele gerne mit dir, Joanna ist da eher, na ja, zurückhaltend. Aber mehr? Ne, ich liebe Joanna."

Regina stieß verächtlich die Luft aus. „ Liebe? Du weißt ja noch nicht einmal wie man das schreibt. So siehst du mich also? Du bist ein Widerling. In Zukunft hol Dir selber einen runter!"

Sie ergriff ihre Jacke und die Tasche. An der Tür wandte sie sich um.

„Und noch was. Wag es ja nicht, mich als Luder hinzustellen, dann kommen deine anderen Affären, wie du es nennst, auch ans Licht. Und zwar ans öffentliche Licht. Ich glaube Sandra, Britta und Yvonne werden mir recht geben: Der größte Liebhaber bist du leider nicht. Betrachte unsere Affäre, wie du es nennst, als beendet." Seine Kiefer malmten „Raus!" Regina zog eine Augenbraue hoch und ging. Michael ließ sich auf dem Bett nieder. Er musste sich einen Schlachtplan ausdenken. So schnell fand er keine so vertrauensselige Person wie Joanna und seine Zeit lief ab. Diese dämliche Heirat war absolut notwendig. Geistesabwesend begann er aufzuräumen. Dann setzte er sich an den Schreibtisch und schrieb alles auf, was er zur Versöhnung besorgen wollte.

*

Jemand leuchtete Joanna ins Gesicht. Sie schlug die Augen auf und blinzelte in eine helle Morgensonne. Der Himmel spannte sich strahlend blau und wolkenlos über dem Stadtgarten. Die Blätter der Bäume leuchteten in sattem frischem Grün, sauber gewaschen vom nächtlichen Gewitterregen. Schon jetzt konnte man spüren, dass es wieder ein heißer Tag werden würde. Erst allmählich begriff sie, dass sie auf einer Parkbank lag. Hatte sie etwa die ganze Nacht hier verbracht? Wie eine Pennerin? Joanna stand auf und reckte sich. „Eigentlich müssten mir doch alle Knochen wehtun", dachte sie, aber sie war erstaunlich ausgeruht und erholt. „Vielleicht sollte ich öfter mal auf einer Bank schlafen", dachte sie und musste grinsen. Dann verschwand ihre gute Laune auf einen Schlag, als sie an gestern dachte. Michael, dieser Schuft! Und Regina! Ihre verknoteten Körper, wie sie sich auf dem Bett gewälzt hatten, ihre verschwitzten, überraschten Gesichter. Die Erinnerung daran traf sie noch einmal mit voller Wucht. Aber, war da nicht noch irgendetwas gewesen? Ja, dieser Mann in weißer Kleidung. Ein Arzt? Kaum hatte sie sich diese Frage gestellt, wusste sie, dass es nicht so war. Ihre Erinnerung war blockiert. Krampfhaft versuchte sie den nebulösen Wirrwarr in ihrem Kopf zu durchdringen. Joanna wusste, sie hatte etwas Beeindruckendes erlebt. Aber es war wie ein Traum, an den man sich beim besten Willen nicht mehr erinnern konnte.

Nur dieser weißgekleidete Mann, der musste echt sein. Aber wohin war er entschwunden. „Habe ich etwa die Nacht mit ihm verbracht und er hat mir irgendeine Droge gegeben? Und dann hat er mich einfach hier im Park abgeladen?"

Ihr Gefühl sagte ihr etwas anderes.

„Wenn es dich gibt, dann zeig dich gefälligst!" schrie Joanna. Der Park war noch menschenleer und ihre laute Stimme schreckte einige Tauben in der Nähe auf.

„Brüll doch nicht so, ich bin immer in deiner Nähe." Erschrocken wirbelte sie herum. Da stand er ja! Groß, gut aussehend und weißgekleidet! Schlagartig kam die Erinnerung zurück.

„Ray, ja jetzt kann ich mich erinnern. Ray habe ich dich genannt."

„Ja und ich habe diesen Namen akzeptiert, Joanna."

„Aber da war doch noch irgendwas. Hilf mir doch mal! Wo waren wie doch gleich gestern Abend?" Ray lächelte.

„Das werde ich nicht. Ich habe dich mit dem Exmemoria belegt. Nur so viel sei dir verraten, es war nichts Schlimmes!"

„Aber bist du nicht mein Schutzengel? Wie kann ich dir vertrauen, wenn du mir nicht alles sagst?"

„Richtig, ich bin zwar dein Schutzengel, aber ich bin nicht dein Diener, der dir untertan ist.""

„Entschuldigung, so war das nicht gemeint. Ich vertraue dir ja."

„Nun denn", Ray rieb seine Handflächen aneinander. „Was unternehmen wir jetzt?"

Joanna blickte an ihm herunter.

„Erst einmal müssen wir dir etwas zum Anziehen besorgen. Es sei denn, Du willst immer unsichtbar bleiben."

„Nein, völlig in Ordnung. Also gehen wir zum Schneider."

„Zum Schneider?" Sie lachte. „Das können sich nur noch die ganz Reichen leisten. Wir gehen in ein Kaufhaus. Oh, je, da fällt mir gerade ein ich, ich habe weder Geld noch meine EC-Karte dabei. Ich muss leider zuerst nach Hause." Bei dem Gedanken wieder in die Wohnung zurück zu gehen, war ihr ganz unbehaglich.

„Was ist eine EC-Karte?" Ray blickte verständnislos.

„Ach ja, stimmt. Du warst ja vor 150 Jahren das letzte Mal hier unten. Menschen bezahlen heute nicht nur mit Geld, sondern oft mit einer kleinen Plastikkarte."

„Plastik!?"

„Ich glaube wir beide müssen erst einmal einen Crashkurs über die Dinge des täglichen Bedarfs machen, sonst findest du dich gar nicht zurecht.

Wir gehen zuerst in die Wohnung und ich hole mein Geld. Komm."

Im Park liefen die ersten Jogger, Leute führten ihre Hunde aus, Berufstätige mit Aktenkoffern gingen an ihnen vorbei. Alle blickten sie seltsam an. Erst da fiel es Joanna auf, dass sie die ganze Zeit mit Ray sprach, dabei gestikulierte, aber die Anderen konnten Ray ja nicht sehen. „Gleich kommen die Leute mit den Hab-mich-lieb-Jacken", zischte Joanna durch die

Zähne. „Die halten mich anscheinend für völlig be-
kloppt. Lass uns gehen und bis zu Wohnung kein
Wort mehr miteinander reden."

Ray trottete zufrieden neben ihr her. Hatte sie anfangs
ein hohes Tempo vorgelegt, so wurden ihre Schritte
immer langsamer, als sie sich dem Haus näherten.
Joanna suchte Rays Hand.

„Ganz ruhig, ich bin bei dir, dir wird nichts geschehen." Seine warme Stimme gab ihr Mut. Sie kramte
den Schüssel aus der Handtasche, atmete tief durch
und schloss die Haustür auf.

14

Alles war ruhig. Michael hatte aufgeräumt! Na so was, das passierte auch nicht alle Tage. Das schlechte Gewissen hatte ihn wohl geplagt. Vorsichtig öffnete sie die Schlafzimmertür. Das Bett war frisch bezogen und unberührt. Nichts erinnerte an das Schauspiel von gestern. Ihr Magen krampfte sich zusammen.

„Nein," sagte sie laut," Ich will nicht mehr daran denken. Er kann mir gestohlen bleiben. Ich will ihn bestimmt nicht mehr."

Ray lächelte belustigt. „Du siehst hübsch aus mit diesem kriegerischen Gesichtsausdruck und vor allem mit diesen schwarzen Kringeln um die Augen. Fast wie ein Waschbär!"

Mit einem spitzen Aufschrei rannte sie ins Bad. Was ihr da aus dem Spiegel entgegen starrte, hatte nur noch entfernt Ähnlichkeit mit der Joanna von gestern Morgen. Ihre Augen waren noch immer leicht geschwollen vom Heulen, der Mascara war rund um die

Lider verschmiert und Tränen und Regen hatten die Farbe mitgenommen und hellgraue Streifen auf den Wangen hinterlassen. „Ich sehe wirklich aus wie ein Waschbär. Oder eher wie ein dramatischer Stummfilmstar?" Sie schnitt sich eine Grimasse. „Du musst dich noch ein Weilchen gedulden, so kann ich nicht noch einmal auf die Straße gehen. Willst Du Musik hören oder fernsehen? "

„Fernsehen?" Ray tauchte im Türrahmen auf.

„Ach, ich vergesse immer, dass du noch nicht alles kennst."

Joanna nahm Ray mit ins Wohnzimmer. „Das ist ein Fernsehgerät. Damit kann man Bilder empfangen...sehen." Sie schaltete den Apparat ein.

Auf dem großen Bildschirm – mit einem „Mäusekino" hatte sich Michael nicht zufrieden gegeben – tauchte der riesige Kopf einer Nachrichtensprecherin auf.

„Ah…", erschrocken sprang Ray ein Stück zurück.

„Keine Angst, das sind nur lebende Bilder. Warte mal!" Sie ging zum Bücherregal.

„Hier muss das doch irgendwo sein. Da!" Sie zog einen Lexikonband heraus.

„Fermente... Fernando... Fern...Fernsehen, hier!" Joanna reichte Ray das Buch.

„Da erfährst du alles was du wissen willst. Ich geh mich duschen und umziehen."

Als sie das warme Wasser auf ihrer Haut spürte, atmete sie tief durch. Wohlig reckte und streckte sie ihren Körper unter der Dusche. Sie hatte das Gefühl nicht nur den Schmutz abzuwaschen, sondern auch einen Teil ihres alten Lebens. Eine Art freudige Erwartung auf Dinge, die noch kommen sollten, machte sich in ihr breit. Als sie sich abtrocknete, fühlte sie sich wie neugeboren. Wie Joanna Langveld die Zweite! Im Bademantel und mit feuchten Haaren ging sie ins Wohnzimmer. An der Tür prallte sie zurück. Der ganze Raum war von einem hellsilbernen Licht erfüllt und im Zentrum saß Ray umgeben von sämtlichen Lexika aus den Regalen. Die Bücher waren alle geöffnet und schwebten um ihn herum. Wie von Geisterhand wurden die Seiten umgeblättert.

Sein Gesicht hatte einen völlig entrückten Ausdruck, die Lippen bewegten sich stumm und die Augäpfel unter den halb geschlossenen Lidern zuckten hin und her.

„Ray, was machst du da?" Die Bücher sanken sanft zu Boden und das Licht verlosch so plötzlich, als hätte jemand den Lichtschalter ausgeknipst. Ray schaute sie fröhlich an.

„Ich wusste ja gar nicht, dass sich so viel in 120 Jahren ereignen kann! Was es alles gibt! Automobile, Flugzeuge, Telefone, sogar welche, die man herumtragen kann, Rundfunk, Fernsehen, Satelliten, Digitaltechnik...Das ist fast unglaublich. Aber ich habe auch über Kriege, Tod, Vernichtung gelesen. Da hat sich nicht viel geändert.   Die Menschen scheinen einfach niemals klug zu werden."

„Du willst doch wohl nicht sagen, dass du das alles in der kurzen Zeit gelernt hast?"

„Selbstverständlich, wir Engel müssen doch immer auf dem neuesten Stand sein. Wie soll ich dich vor Gefahren beschützen, wenn ich zum Beispiel nicht weiß was ein Auto ist oder elektrischer Strom?"

Joanna blieb vor Staunen und Ehrfurcht der Mund offen stehen.

„Das hätte ich mir zu meiner Schulzeit mal gewünscht."

„Wir Engel haben ja andere Aufgaben zu erfüllen, deshalb können wir uns mit dem Lernen nicht solange aufhalten, aber gut, können wir nun gehen?"

„Ich muss mir doch erst noch etwas anziehen."

„Oh, ich dachte...", Ray schaute sie etwas hilflos an.

„Während ich mich anziehe, räum du doch bitte wieder die Bücher ein."

Dieser Ray war unglaublich! Unwillkürlich musste sie lachen. Wenn alle anderen doch nur wüssten! Joanna schlüpfte in Jeans und Sweatshirt, steckte die Haare hoch und legte ein ganz leichtes Make-up auf. Dann verließ sie mit Ray das Haus.

*

Die Herrenabteilung des Kaufhauses war zu dieser frühen Stunde noch gähnend leer. Es herrschte eine vornehme Ruhe. Zwei Verkäufer standen gelangweilt neben den Sommerhosen-Sonderangeboten. Als Joanna zwischen den einzelnen Kleiderständern herumzuwandern begann, löste sich einer der Beiden und fragte nach ihren Wünschen.

Sie lehnte seine Hilfe dankend ab und schaute weiter. Ray stand neben ihr, unsichtbar für die Anderen.

„Nun sieh Dir das mal an! Wer trägt denn so was?" Er hielt eine buntkarierte Hose in den Händen.

„Ich kann Dir nicht antworten," zischte sie durch die Zähne," der Typ lässt mich nicht aus den Augen."

„Haben Sie etwas gesagt, gnädige Frau?"

„Nun ja, " Joanna druckste ein wenig herum, „wissen Sie ich möchte meinem Mann eine Freude machen. Er geht nicht gerne einkaufen, braucht aber dringend eine neue Sommerausstattung. Deshalb werde ich die

Sachen anprobieren." Sie strahlte ihn an.

„Die Anprobe ist dahinten!" Er wies mit der rechten Hand auf die Umkleidekabinen, ließ die junge Frau aber nicht aus den Augen. „Der denkt bestimmt, ich habe ‚ne Macke!" kicherte sie. Dann griff sie zu einer dunklen Hose, einem schicken Sommerhemd und schleifte Ray, der immer noch über viele Kleidungsstücke ablästerte, in die Umkleide. Die weiße Tunika glitt zu Boden und Joanna stieß einen erstickten Laut aus. Dieser Mann hatte einen Körper wie eine Statue von Michelangelo. Bevor er die Hose fallen ließ, drehte sie sich um. Hormonwallung hatte Regina so etwas immer genannt. Regina! Ihr Verrat tat ihr letztendlich mehr weh als Michaels. Wie konnte das nur geschehen? Ray tippte sie an. „Gib mir bitte die Hose und denk nicht an Regina, noch nicht. Es tut ihr jetzt schon aus vollem Herzen leid."

„Du kannst meine Gedanken lesen?"

„Nicht alle", grinste er entwaffnend. Sie spürte wie ihr

die Röte ins Gesicht schoss und reichte ihm das Klei-
dungsstück.

Ray schlüpfte in die Hose. „Zu kurz", stellte sie fest.
„Was?" grinste Ray.

„Für einen Engel bist du ein ganz schönes Ferkel",
zischelte Joanna. „ Hier das Hemd, probier's."

Das wiederum war zu eng. Sie trat aus der Kabine
„Kommen Sie auch zurecht?" Der Verkäufer wieselte
herbei.

„Ja, die Hosenbeine sind etwas zu kurz und das
Hemd obenherum zu eng."

Der Mann sah sie leicht befremdet an.   „Die Beine ...
zu kurz und das ...Hemd… zu eng!"

Dabei taxierte er ihre Figur. Sie hätte zweimal in diese Kleidungsstücke gepasst.

„Ich hab's, glaube ich, gefunden", Joanna hielt triumphierend eine ähnliche Hose hoch und ein ebensol-
ches Hemd.

Diesmal passte die Hose. Ray drehte sich vor dem
Spiegel. „Und so was trägt man heute?"

„Du brauchst noch einen Gürtel. Lass mal deine Weite abschätzen." Sie umfasste mit den Händen seine Taille. „Halt doch mal still." Sie wusste gar nicht, wo sie hingucken sollte. Dieser Bauch! Wie ein Xylophon, ein Muskelpäckchen neben dem anderen!

„Ich habe da noch ein weiteres Hemd..." Der Vorhang wurde ein Stück zurückgezogen.

Der Verkäufer hatte einen Teil des Gesprächs mitbekommen und lugte nun misstrauisch in die Kabine. Mit ihrem süßesten Lächeln nahm Joanna das Teil entgegen und zog den Vorhang wieder zu. Das Hemd passte hervorragend.

„Du siehst toll aus, Ray, aber wir brauchen noch mehr. Unterwäsche und Schuhe... Ich glaube, du solltest dich jetzt sichtbar machen, dann geht das leichter."

„So, das nehmen wir." Beide traten hinaus. „Wir?"
Der Verkäufer wandte sich um. Als er Ray erblickte, wurde er blass. „Aber...aber, Sie waren doch alleine in der Kabine!"

„Ich muss doch bitten, mein Mann ist doch wohl nicht zu übersehen. Nicht wahr, Liebling?" Der Liebling beugte sich zu ihr hinunter und nickte dem Verkäufer dann wohlwollend zu. „Ich...ja, natürlich..." Er nahm die Sachen in Empfang.

Schweißperlen traten auf seine Stirn. Während er zur Kasse ging, schüttelte er immer wieder den Kopf. Sie hörten ihn murmeln. „Völlig überarbeitet... das gibt es doch nicht... Halluzinationen..."

In der Schuhabteilung war das Einkaufen dagegen ein Kinderspiel.

Weniger schön waren die Preise.

„Du brauchst noch so vieles, aber ich habe kaum noch Geld dafür."

„Lass mich nur machen." Ray lächelte beruhigend.

„Unterwäsche musst du aber alleine anprobieren, da komm ich nicht mit."

Ray, wieder für andere unsichtbar, hatte einen Heidenspaß und griff nach den unmöglichsten Dessous.

Joanna versuchte ernst zu bleiben, während Ray in total verrückten Posen durch den Laden hüpfte. Immer noch giggelnd stapelte sie an der Kasse die ausgewählte Wäsche auf. Die Blondine hinter der Ladentheke blickte sie irritiert an.

Plötzlich stand Ray in voller Lebensgröße neben Joanna. Die Kassiererin machte Kuhaugen und schmachtete ihn an. Er setzte sein strahlendstes Lächeln auf. „Da reist man um die halbe Welt und wo findet man die hübschesten Mädchen? Hinter der Kasse in der Herrenwäscheabteilung!" Die Blonde kicherte geschmeichelt. Joanna verspürte einen Stich. „He, das ist mein Engel!" dachte sie. „Könnte ich bitte endlich zahlen?" Ihre Stimme wurde einige Grade schärfer. Unfreundlich grabschte die Frau nach dem Wäschestapel und tippte alles ein. Zwischendurch flirtete sie heftig mit Ray, der ihr in nichts nachstand. Als sie Joanna die Summe nannte, legte Ray einen Arm um sie, zog sie ganz nahe zu sich heran, streckte den anderen Arm nach oben und drehte ihn mehrmals im Kreis. Ein feiner goldener Funkenregen schien aus seinen Fingerspitzen zu sprühen. Die hellen Feuerkügelchen schlossen sich zu mehreren zusammen und schwebten dann wie Flitter in der Luft. Augenblicklich erstarrten alle Kunden und Angestellten in diesem Laden. Nur die Beiden nicht. Er packte seelenruhig die Sachen in eine Tasche und tippte der Blonden noch kurz auf die Nase. Dann wandte er sich dem Ausgang zu. „Kommst du?" Fassungslos folgte Joanna ihm.

„Was passiert denn jetzt mit den Leuten dort?"
„Nichts", antwortete Ray, wandte sich kurz um und schnippte zweimal mit den Fingern.
Drinnen regten sich die Kunden wieder. Joanna wartete darauf, dass jeden Augenblick die blonde Kassiererin herausgestürmt kam und „Diebe, Diebe!" brüllte.
„Keine Angst," lächelte Ray, „sie werden sich an nichts erinnern ! Ahhh..." Er verzog sein Gesicht.
„Was ist? Hast du Schmerzen?"
Ray atmete tief durch. „Schon gut. Das kam von

oben." Er wandte den Blick gen Himmel. „Mit solchen Tricks dürfen wir eigentlich nicht arbeiten.

Aber man kann nicht alles richtig machen." Er zuckte schuldbewusst mit den Schultern.

Sie lächelte verständnisvoll. „120 Jahre?" Er nickte. „Davon musst du mir mal unbedingt erzählen. Natürlich nur wenn du magst oder darfst, " fügte sie rasch hinzu.

„Aber jetzt erst mal nach Hause, ich habe Hunger."

„Ja, nach Hause", antwortete Ray, „und dann werden wir mal sehen was deine Zukunft so bringen wird."

15

Michael pfiff siegesgewiss vor sich hin. Er drapierte die roten Rosen in der größten Vase, die er finden konnte. Auf dem Tisch standen ein Kühler mit Champagner, daneben die Gläser und ein schmale Schachtel mit einer eleganten Verpackung. „Wenn sie das nicht überzeugt, dann weiß ich auch nicht, " dachte er. Sein Handy klingelte. „Ja ?" Die heisere Stimme am anderen Ende ließ ihn erschauern.

„Na, wie sieht's aus, alter Freund. Was macht meine Kohle?"

„Geht klar, in vier Wochen komm ich an das Geld ran. Ohne Quatsch, Du kriegst alles zurück."

„Das will ich dir raten, meine Geduld ist langsam zu Ende. Heute in vier Wochen will ich die 200.000 sehen, sonst..." Der seltsame Laut, den der Anrufer ausstieß, ließ Michael unwillkürlich die Hand an seine Kehle führen. Der Andere hatte aufgelegt.

Michael atmete durch. Jetzt galt es erst einmal Joanna zu überzeugen. Irgendwann musste sie wieder nach Hause kommen. Sie war in der Zwischenzeit doch schon da gewesen. Erleichtert hatte er dabei festgestellt, dass nichts fehlte. Also hatte sie sich entschlossen zu bleiben. Seine Chancen standen gut. Michaels Laune besserte sich.

Er hörte wie die Haustür aufgeschlossen wurde.

„Joanna, Gott sei Dank, wo warst du denn, ich habe mir solche Sorgen gemacht."

Er eilte ihr mit ausgebreiteten Armen entgegen.

Vor soviel geballter Liebenswürdigkeit prallte sie zurück. In ihrem Rücken spürte ich Rays Körper. Das gab ihr Mut.

„Wir müssen reden, " sagte sie.

„Genau das wollte ich auch sagen. Joanna, was da passiert ist, tut mir unendlich leid, das wird nie wieder vorkommen, aber ich hatte Panik, Hochzeit, für immer und ewig und so…"

Während sie in Richtung Wohnzimmer ging, rannte er wie ein Hündchen hinter ihr her.

Unsichtbar für ihn betrachtete Ray die Szene. „Das ist also der Mann, den du liebst." Er schüttelte den Kopf. „Zugegeben, er ist ein Frauentyp.

Groß, durchtrainiert, fast schwarze Haare, strahlend blaue Augen, ein markantes Kinn mit Grübchen…
aber sei vorsichtig, er ist unehrlich." Rays Beurteilung irritierte sie, sie wusste nicht wohin sie zuerst blicken oder hinhören sollte.

Dann sah Joanna den dekorierten Tisch. Abrupt drehte sie sich um.

„Ach, so hast du dir das gedacht. Das Dummchen kommt nach Hause, du machst schön Wetter, ein paar Geschenke", dabei fegte sie die Schachtel vom Tisch, „und schon liege ich dir wieder zu Füßen? Nichts da, mein Lieber. Betrachte die Hochzeit als geplatzt."

„Aber...aber Joanna, das kannst du doch nicht machen, ich liebe dich doch!"

„Liebe ? Du weißt ja noch nicht einmal wie man das schreibt! Was weißt du schon von Liebe? Sex und Oberflächlichkeit, das ist dein Lebenselixier."
Das durfte nicht wahr sein! Ähnliche Worte hatte er gestern schon mal gehört. Und welchen Ton schlug die kleine Schlampe da eigentlich an?
Ray hatte sich amüsiert auf einer Sessellehne niedergelassen. Na, das wurde lustig. Joanna warf ihm einen grimmigen Blick zu.
Sie trat auf Michael zu, so nah, dass ihre Gesichter nur Zentimeter voneinander entfernt waren. „Um ganz ehrlich zu sein, ich weiß gar nicht mehr, warum ich mir dein Gesülze anhöre. Ich habe die Schnauze gestrichen voll von Typen wie dir. Ich bin NICHT DER FUSSABTRETER FÜR EUCH MÄNNER!" schrie sie.
„Hehe, Joanna, beruhige dich. Wer hat dich denn heute Nacht so aufgehetzt? Setz dich erst mal ..."
„Behandele mich nicht wie eine Geistesgestörte, ich

brauche niemanden der mich aufhetzt, der mir sagt was ich tun soll. Und jetzt rate ich dir, mach das du raus kommst!"

„Moooment," Michael spürte wie kalte Wut über diese widerspenstige Ziege in ihm aufquoll. „Die Wohnung gehört immer noch mir, pack du deinen Kram und geh. Ich bin aber so großzügig, wenn du dich ent-schuldigst kannst du bleiben und ich sag Schwamm drüber. War ja gestern auch wirklich nicht die feine Art, ich geb's zu. Aber ich hab mich schließlich ent-schuldigt", sagte er wie ein kleiner trotziger Junge. Panik stieg in ihr hoch. Er hatte Recht! Die Wohnung war auf seinen Namen gemietet, der Großteil der Mö-bel gehörte ihm. Sie hatte überreagiert! „Hilf mir doch, Ray, " flehte Joanna. Aber der war verschwunden. „Das ist nicht fair, du kannst nicht einfach verschwin-den."

„Das tue ich ja auch gar nicht." Michael starrte sie verwundert an.

„Ach, du bist nicht gemeint. Ray, Ray wo steckst du?"

„So, einen neuen Kerl gibt es also auch schon. Dann habe ich mir am Ende gar nichts vorzuwerfen?" Michael begann zu kochen. „Wo steckt er denn?" Suchend sah er sich um. Als er nichts fand, kam er drohend auf sie zu, packte ihre Schultern und schüttelte sie. „Komm zur Vernunft, du kannst doch unsere Zukunft nicht aufs Spiel setzen. Denk doch an deine Eltern, an die Gäste, alle sind schon eingeladen, diese Blamage!"

„Lass mich sofort los, du tust mir weh!" Sie wehrte sich gegen seinen harten Griff.

Aber Michael fasste nur noch fester zu und schubste sie gegen die Wand.

„Jetzt hör mir mal gut zu, mein Mädchen. Wer glaubst du, hat dir den Job bei City-TV besorgt? He? Glaubst du vielleicht, die waren von deinem Schülerzeitungs-Volontariat so beeindruckt? Oder von deinen Fähigkeiten als Tippse in einer Werbeagentur? Was glaubst du denn, wärst du gesellschaftlich? Ohne mich eine Null! Da hätte dir auch dein ganzes Vermögen nicht geholfen!" Sein Gesicht kam ihrem immer näher. „Ein kleines bisschen Dankbarkeit wäre da angebracht." Seine Stimme war nur noch ein Flüstern „Wenn Du nicht so verdammt sexy wärst!" Mit seiner Zunge leckte er über ihr Ohr. Sein heißer Atem streifte sie und ließ ein Gefühl der Übelkeit in ihr aufsteigen. Diesen Mann hatte sie vor vierundzwanzig Stunden noch geliebt, dieses Gesicht war ihr einmal als das Schönste überhaupt erschienen…und was hatte er von einem Vermögen gefaselt? „Was für ein Vermögen?" „Das wirst du noch früh erfahren!" Mit aller Kraft stieß ich ihn weg. Blanke Wut spiegelte sich jetzt auf Michaels Gesicht. Er versuchte sie zu schlagen, als er plötzlich, wie von Geisterhand, ein Stück zurückgerissen wurde, dann hörte Joanna ein klatschendes Geräusch und Michael flog durch den halben Raum. Mit einem selten dümmlichen Gesichtsausdruck rieb er sich das Kinn. Ein feiner Blutfaden rann aus seinem linken Nasenloch. Neben ihr stand Ray und rieb sich die Fingerknöchel.

„Das", sagte er, „war schon lange mal fällig."

Fassungslos starrte Michael sie an. „Was war denn das?" Seine Augen verengten sich zu Schlitzen. „Hast du in der Zwischenzeit einen Kursus in Selbstverteidigung gemacht?"

Er rappelte sich auf und kam wieder drohend auf sie zu. „Du glaubst doch nicht, dass du mir gewachsen bist. Das Überraschungsmoment ist dir gelungen, aber ein zweites Mal gelingt das nicht." Er versuchte ihre Haare zu fassen- und wieder flog er durch die Luft und klatschte auf den Boden. „ Es reicht! Ich habe keine Lust auf gewalttätige Auseinandersetzungen. Aber wir", er zeigte mit dem Finger auf sie, „sprechen uns noch. Ich gebe dir zwei Tage Zeit die Wohnung zu verlassen oder wir versöhnen uns wieder. Überleg es dir."

Dann schritt er, um Haltung bemüht, aus der Tür.

Joanna sank zitternd auf einen Stuhl. „Was soll ich

machen, Ray?" Sie spürte wie die Tränen kamen.

Ray kniete vor ihr. „Zuerst einmal brauchst du nicht zu weinen. Und dann frag dein Herz, das allein kann dir die Antwort geben." Dabei strich er ihr über das Haar.

„Mit ihm leben kann und will ich nicht mehr. Ich habe in einer Traumwelt gelebt, ich wollte nur das sehen, was ich sehen wollte, nicht wie es wirklich war. Aber wo soll ich so schnell hin? Zu meiner besten Freundin Regina kann ich ja schließlich nicht mehr und ein Hotel kann ich mir beim besten Willen im Moment nicht leisten. Und dann die Hochzeit, meine Eltern und mein Beruf. Wenn das stimmt, dass Michael mir den Job besorgt hat, dann bin ich genauso schnell wieder draußen. Und was dann? Ray ?" Während sie gesprochen hatte, war er aufgestanden und stand nun vor einem Ölgemälde, das ihn zu faszinieren schien.„ Was machst du da?"

„Ich kenne diese Gegend, den See, die Bäume, auch dieses Haus dort hinten. „Wie bitte? Du willst doch wohl nicht behaupten, du warst mal da?" Ray nickte.

„Woher hast du dieses Bild? Wann wurde es gemalt?"

„Es hat einer verstorbenen Tante gehört und meine Eltern haben es mir geschenkt. Es soll angeblich…"

„…um die 120 … Jahre alt sein?" vollendete Ray ihren Satz.

„Du meinst, du warst das letzte Mal hier unten, zu dieser Zeit?" Joanna merkte wie sie immer aufgeregter wurde. Das war ja toll. „Erzähl doch mal, wo ist das dort?" „Es war in Belgien, in der Provinz Antwerpen und der Ort hieß Lille." Liebevoll strich er über die Landschaft. Seine Berührung hinterließ kleine goldene Funken auf den Wipfeln der Bäume. Ein großes weißes Haus thronte auf einer kleinen Anhöhe.

„Die Villa Besancourt", flüsterte Ray. Er wandte sich zu ihr um. Seine Augen waren leicht verschleiert, so als sähe er einen Film in seinem Inneren.

„Sie ist abgebrannt und mit ihr die Träne."

„Träne? Welche Träne?" Joanna verstand gar nichts mehr.

Es schien als erwachte er.   „Das ist eine andere Geschichte."

Fasziniert blickte sie vom Bild in seine Augen. Ihr
wurde so seltsam warm bei seinem Anblick. Nein, das
durfte nicht wahr sein. Sie war auf dem besten Weg
sich in ihn zu verlieben. Joanna spürte, wie sie rot
wurde. „Du, das... das musst du mir mal
erzählen », stotterte sie. Ihr Mund war wie ausgetrocknet. Sie blickte verlegen weg.

„Joanna ?" Er legte seine Hand unter ihr Kinn und
zwang sie ihn wieder anzublicken.

„Joanna, du wirst dich doch nicht etwa in mich verlieben?" Jetzt hatte ihr Gesicht endgültig die Farbe einer
reifen Tomate angenommen.

Seine Stimme klang ernst. „Joanna, ich bitte dich, dir
so etwas ganz schnell aus dem Kopf zu schlagen. Wir
können euch Menschen freundlich gesonnen sein,
aber wir haben keine Gefühle wie ihr. Wir können uns
nicht verlieben. Wir können auch nicht weinen. Da,
fass meine Hände an. Die Wärme, die du spürst ist

deine Wärme. Wir selbst empfinden keine Kälte, keine Hitze."

„Aber, was ist wenn du in eine Flamme hineingreifst, verbrennst du dann? Wenn du keine Hitze spürst ist das doch gefährlich."

„Nein, wir verbrennen nicht. Unsere Funktionen sind nur vorüber gestört. Allerdings wissen wir was Feuer ist und würden uns nicht freiwillig in einen Kamin setzen. Aber manchmal müssen wir unseren Menschen aus dem Feuer retten und dann ist diese Eigenschaft sehr nützlich."

„Oh, Ray, ich finde das sehr traurig. Du kannst das Leben doch gar nicht richtig genießen. Du schmeckst nichts, du riechst nichts... und vor allen Dingen du kannst nicht lieben." Die letzten Worte hatte sie nur noch geflüstert.

„Joanna, ich bin doch kein Mensch, auch wenn ich für dich so aussehe. Wir sind nur wegen euch auf der Erde. Wenn unsere Mission erfüllt ist, gehen wir wieder zurück. Warum also sollten wir uns mit so etwas ausgesprochen menschlichem belasten? Hauptsache wir können sehen und hören. Und, glaub mir, ich weiß, wie du dich fühlst, was du empfindest, nur ich selbst bleibe davon verschont."

„Das ist sehr, sehr schade, Ray. Wer weiß, was es heißt traurig zu sein, der kann sich auch von ganzem Herzen freuen. Und ich glaube, du hattest doch heute Vormittag richtig Spaß, du hast gelacht, geflirtet mit dieser Unterwäsche-Blondine und das sind doch auch Gefühle. Ich glaube dir nicht so ganz, was du da gesagt hast." Irgendwie musste Joanna den Dreh finden, um aus dieser Verlegenheitskiste wieder herauszukommen. „Und außerdem, mein lieber Ray... ich finde dich sehr attraktiv und du verwirrst mich etwas, zugegeben, aber verlieben? Nein, danke, davon habe ich genug und damit ist deine Frage beantwortet. Ich bin nicht in dich verliebt. O.K. ?"

Ein Lächeln zog über sein Gesicht. „O.K., was immer das auch heißen mag."

„Ach, herrje, schon halb drei! Ich muss um drei im Sender sein!" Auch das noch. Zu spät kommen war für Thomas Schwarz doch ein gegebener Anlass, wieder auf ihr herumzuhacken. In rasender Eile packte sie ihre Tasche und rannte zur Tür.

„Tschüss. Bis heute Abend, allerdings wird es spät." Ray blickte sie verständnislos an.

„Warum bis heute Abend, ich komme doch selbstverständlich mit." „Aber bitte Ray bleib unsichtbar und bring meine Arbeit nicht durcheinander!" Kaum hatte sie es ausgesprochen, tat es ihr auch schon wieder Leid. Er lächelte sie verständnisvoll an.

„Du hast viel zu viel Angst, viel zu wenig Selbstbewusstsein, daran werden wir ab heute arbeiten." Na, das konnte ja heiter werden!

16

Fünf Minuten zu spät hetzte Joanna durch die Bürotür und – wie konnte es auch anders sein – ausgerechnet Thomas Schwarz machte sich an ihrem Schreibtisch zu schaffen.

„Ach, da sind Sie ja. Haben sie noch Ihren alten Artikel über die Silikontitten?"

„Ja, in meinem Programm, aber wieso..." „Drucken Sie den noch mal aus und kommen in mein Büro, da machen wir was draus. Die Driscoll ist heute Nacht gestorben und es hatte was mit der OP zu tun!" „ Sili –Silikontitten? Was ist das?" Ray verstand gar nichts. „Also... also, das ist wenn Frauen einen zu kleinen Busen haben, dann lassen sich manche da so eine Art Kunststoffkissen einoperieren. Manche übertreiben aber und dann geht schon mal was schief. Wie eben jetzt." Wie erklärt man einem Engel dieses heikle Thema? Ray grinste. „Auch wenn mir diese Technik nicht bekannt war, so ist mir doch sehr wohl bewusst, dass Frauen Brüste haben. Und die finde ich meistens sehr schön."

„Du bist vielleicht ein komischer Heiliger." „Oh, nein…" unterbrach er sie ernst, „heilig bin ich nicht, das steht mir nicht zu, ich ..."

„Ray, sei mir nicht böse, aber ich muss loslegen, sonst gibt es Ärger." Sie druckte den alten Artikel aus und flitzte in Schwarz' Büro, Ray dicht auf den Fersen. Karen Keller, Schwarz' Lieblingsmoderatorin, thronte bereits in einem Sessel.

„Ach, Frau Langveld, da sind sie ja endlich." Thomas Schwarz kehrte den Oberchef nach außen. „Karen, Schätzchen, sie hat gestern völlig am Thema vorbeigeschrieben, aber der alte Artikel ist plötzlich ganz aktuell." „So schnell kann's gehen." Joanna konnte sich diesen Satz nicht verkneifen. Schwarz schaute sie völlig irritiert an. „Äh, ja.."

„Gut gemacht, lass Dir nichts mehr gefallen." Ray stand hinter ihrem Stuhl, beide Hände auf ihre Schultern gelegt. Sie fühlte sich plötzlich so geborgen, sicher und wohl wie schon lange nicht mehr.

Karen beugte sich vor. „Darf ich den Artikel mal sehen?" Die schlanke Hand mit den sorgfältig manikürten Fingernägeln griff nach ihren Seiten. Mit einer gekonnten Bewegung ließ sie sich zurücksinken, strich das wundervolle silberblonde Haar hinters Ohr. Karen Keller war zugegebenermaßen eine bildschöne Frau.

„Gewiss, sie hat eine schöne Hülle, aber darunter ist sie hohl und hässlich." Rays Lippen waren direkt neben Joannas Ohr. Thomas Schwarz hockte sich auf die Tischkante, wandte ihr seinen fetten Rücken zu und schloss sie damit aus dem Gespräch aus. Sie spürte wie Ray ihr einen sanften Schubs gab. Joanna tippte Schwarz auf die Schulter. Er fuhr herum.

„Ja... was?" fragte er unwirsch.

„Sie sind sehr unhöflich Herr Schwarz, sie versperren mir die Sicht auf Karen und ich habe zu meinem Artikel noch etwas zu sagen." War sie das, die das gesagt hatte? Offensichtlich, denn Schwarz machte den

Mund auf, klappte ihn wieder zu, war völlig aus dem Konzept gebracht.   „Sie können gehen, wir brauchen sie nicht mehr." „Nein, das werde ich nicht, das ist meine Arbeit und ich möchte auch daran weiter mitarbeiten." Karen Keller lehnte sich zurück. Ihre Augen glitzerten sensationslüstern. Das konnte ein Schlagabtausch nach ihrem Geschmack werden. „Was glauben sie eigentlich, wer sie sind?" Schwarz' Gesicht hatte eine purpurrosa Färbung angenommen. „Sie sind nur eine kleine Redakteurin, die froh sein darf hier zu arbeiten. Wenn ihnen meine Anweisungen nicht passen, dann gehen sie doch. Von ihrer Sorte stehen Hunderte vor der Tür." Joanna lächelte ihn freundlich an. „Auch kleine Redakteurinnen haben verbriefte Rechte, Herr Schwarz. Und auch sie sind nur Chefredakteur eines lokalen TV-Senders und nicht der Programmdirektor vom ZDF." Er rang nach Luft. „Das ... das muss ich mir von einer Rotzgöre wie ihnen nicht sagen lassen, sie..." Alle im Raum hatten es gehört. Ein lautes klatschendes Geräusch, dann ein Schmerzenslaut von Schwarz. Ray hatte ihm einfach eine runter gehauen. „Das hatte er längst verdient. Keiner beleidigt meine Schutzbefohlene." Die Keller saß wie versteinert in ihrem Sessel. „Was .. was geht hier vor." Schwarz hielt sich die linke Wange und hatte einen so selten dämlichen Gesichtsausdruck, dass Joanna das aufsteigende Lachen nur mühsam unterdrücken konnte.

Die Tür wurde aufgerissen. „Katastrophe, Katastrophe, Chef, die Larson ist verunglückt, liegt im Krankenhaus." Tilda Larson, die Moderatorin der Mittagssendung *Pausenknaller*. „Scheisse, wann beginnt die Sendung?" „Um drei!" Axel Hellwig hatte die Panik im Blick. Schwarz, jetzt wieder ganz Chef, brüllte ihn an: „Dann find gefälligst ,nen Ersatz." Sein Blick fiel auf Karen. „ Oh, nein, ich nicht, ich habe um sechs meine Boulevard-Sendung." „Wie geht es Tilda, ist es schlimm?" fragte Joanna. Die drei sahen sie an, als stünde ein Kalb mit zwei Köpfen vor ihnen. Axel zuckte mit den Schultern. „Man weiß noch nichts genaues, aber die fällt wohl für ein paar Wochen aus."

Thomas Schwarz sah sie plötzlich triumphierend an. „Ich hab's. Sie wollten doch mal was zu sagen haben. Nimm sie mit, Axel. Soll sie doch mal ihr Glück versuchen."

Der Schreck, der durch ihren Körper fuhr, ließ sich nur schwer beschreiben. Wie gelähmt saß sie in ihrem Sessel. „Na, komm, Joanna, ist doch nur ne Viertelstunde. Wir helfen dir alle."

„Ich werde dir auch helfen, denk daran ich bin immer bei dir." Sie atmete tief ein. „Na, jetzt geht ihnen der Arsch wohl auf Grundeis, was? Große Klappe, aber nichts da..."

„Ich nehme an. Danke das sie mir diese Chance geben, Herr Schwarz." Joanna erhob sich. Dem Dicken blieb erneut der Mund offen stehen. Selbst Karen Keller starrte sie entgeistert an. „Na, dann beten sie mal, dass es gut geht. Sie können einen Schutzengel gebrauchen." „Hab ich, liebe Karen, hab ich, " dachte

Joanna. Ray und sie sahen sich verschwörerisch an. Die Blicke der beiden folgten ihnen irritiert. Im Hinausgehen hörte sie die Keller sagen: „Also, irgendwie ist mir diese Langveld unheimlich, nimmt die irgendwas?"

17

Joanna folgte Axel in den Trakt, wo die Senderäume lagen. „Ist doch ganz schnell vorbei! Die Kandidaten sind auch schon da, den Moderationstext von Tilda habe ich schon ausdrucken lassen, ich mache dich jetzt kurz mit allen bekannt, dann kannst du mit den Kandidaten sprechen, dann verschwindest du in der Maske..."

Holte dieser Mann eigentlich niemals Luft?

„Axel, könntest..."

„...deine Kleidung müssen wir noch checken, Wasser brauchen wir noch... „

„Aaaxel!" Sie brüllte ihn förmlich an. Abrupt blieb er stehen.

„Was?" fragte er genervt.

„Könntest du mir bitte kurz beschreiben, um was es eigentlich in dieser Sendung geht? Ich habe keine Ahnung!" Axel machte ganz runde Augen.

„Du weißt...du weißt gar nicht was da passiert?" Sie schüttelte den Kopf.

„Ach, du dickes Ei! Und dann nimmst du die Vertretung an?"

„Du weißt doch wohl am besten, wie die zustande kam!"

„Na gut. Hier also die Kurzfassung: Zwei Kandidaten treten immer mit einem kommunalem Thema an, wie z. B. –Soll das Rathaus neu gestrichen werden? Oder so -, einer ist pro, der andere contra. Jeder hat fünf Minuten seine Argumente darzulegen. Jeder darf maximal zwei Experten oder Mitstreiter mitbringen, die auch noch ihren jeweiligen Senf dazugeben, dann kommt eine Pause, da dürfen die Zuschauer abstimmen, wer die besseren Argumente hatte, der Sieger bekommt 1000 Euro und einer der Zuschauer, der den Sieger getippt hat, wird ausgelost und erhält pro Prozentpunkt 10 Euro. Also sagen wir mal, 52 % haben richtig gelegen, dann bekommt er einen Gutschein in Höhe von 520 Euro. Die werden immer gesponsert. In dieser Woche ist es das Bekleidungshaus Oenkemeyer. Aber das steht ja dann alles in Tildas Text. Der ganze Spuk ist in genau achtzehn Minuten vorbei, deshalb heißt das Ding auch Pausenknaller und hier ist die Maske!" Dieser Mann hatte wirklich das Talent ohne Punkt und Komma zu sprechen. In den Drehstühlen, die ein wenig an alte Zahnarztstühle erinnerten, saßen schon die beiden Kandidaten. Axel stellte vor: „Julia Thorwald und Horst Gniffke." Die Frau, lang und dünn, bot gerade der Visagistin ihre schmalen Lippen zum Bepinseln an. Der Mann, Halbglatze und kräftiger Bauchansatz, hatte einen papiernen Schlabberlatz um den Hals.

„Hallo, ich bin Joanna Langveld und vertrete heute Tilda Larson."

„Och, dat is abba schad." Horst Gniffke konnte seine Enttäuschung nicht verbergen.

„Super, Horsti," dachte Joanna, „du machst mir Mut."

„Frau Larson ist leider verunglückt und liegt im Krankenhaus. Wir hoffen alle auf ihre baldige Genesung." „

Das ist ja furchtbar. Wie schlimm ist es denn?"

Julia Thorwalds mitfühlende Frage passte nicht zu ihrem neugierigen Gesicht.

„Das wissen wir noch nicht. Ich möchte sie bitten, jetzt mit mir ihr Thema kurz zu besprechen." „Horsti" wandte sich an die Dürre: „Ja, so sind se, beim Fernsehen. Se Scho mast go on!"

Beide blickten sie so vorwurfsvoll an, als hätte Joanna Tilda mit einem Traktor persönlich platt gefahren.

Sie holte tief Luft und lächelte. „Wie ich sehe", sie blickte auf die Karten, die ihr Axel in die Hand gedrückt hatte," geht es um einen geplanten Fahrradweg in der Brandnerstraße."

„Da is doch eh schon allet zu eng", Gniffke wollte fortfahren, wurde aber von Julia, der Dürren, sofort unterbrochen. „Weil Leute wie sie, auch noch auf dem Bürgersteig parken. Da müssen..."

„Ach bitte, sparen sie sich das doch bitte für die Sendung auf. Welche Experten haben sie?"

Die Dürre hatte als Kontrastprogramm ihre dicke Freundin mitgebracht und ein graumausiges Männchen vom Stadtplanungsamt.

Horsti, der auf der Brandnerstraße einen Fleischerladen hatte, war contra Radweg und zu seiner Unterstützung saßen im Aufenthaltsraum zwei Männer, die aussahen wie seine Brüder. Bruder eins beschimpfte gerade die dicke Freundin als Körnerfresserin, während Bruder zwei dumpf vor sich hin brütete. Joanna verdrehte innerlich die Augen. So was hatte ihr noch gefehlt, das sollte also die Karriere sein, die sie vor sich hatte?

„Keine Angst", Ray, der Gedankenleser, beruhigte sie, „das wird nur dein Sprungbrett, auf dich wartet etwas Besseres."

„Kommst du dann auch bitte?" Kai, die Visagistin, winkte sie in die Maske. Die beiden Kandidaten waren bereits wieder im Aufenthaltsraum. „Ich werde mir mal ein bisschen anhören, was sie zu sagen haben", Ray blinzelte Joanna verschwörerisch an.

Kai begutachtete das Gesicht der Ersatzmoderatorin aus jeder Perspektive. „Was ziehst du an?"

Sie zuckte die Schultern. „Ich weiß nicht, wo und was gibt es denn..."

„Hier ist unsere Garderobe, such dir was Passendes aus."

In einem kleinen dunklen Nebenraum hingen auf einer Kleiderstange, Blazer

„Gibt es hier kein Licht?" rief Joanna. „Nee, das ist seit heute Morgen kaputt, wir haben schon die Glühbirne ausgetauscht, aber es muss an der Leitung liegen."

„Na prima", dachte sie. „Greif ich mir halt irgendwas raus, ist ja egal wie ich aussehe!" Ihre Unsicherheit bei der Auswahl der Farben, ließ sie meistens zu schwarz oder zu Jeans greifen. Bis heute hatte Joanna nicht kapiert, ob sie nun ein Herbst – oder doch eher der Sommertyp war. Sie nahm sich vor die einschlägigen Frauenzeitschriften demnächst besser durchzuarbeiten. Einen Coach müsste man haben! Alle Moderatorinnen hatten einen! Sie schmollte innerlich.

Kalt war es hier drinnen, wie in einem Kühlraum.
Durch die geöffnete Tür fiel das Licht aus der Maske.
Etwas Gelbes leuchtete aus den Klamotten hervor.
Joanna zerrte das Teil vom Bügel und hielt es in den
Lichtschein. Ein safrangelber Blazer, dann könnte sie
ja die schwarze Hose und das schwarze Shirt anlas-
sen. Aber gelb ? Nee. Sie wollte die Jacke schon wieder zurückhängen und griff nach einem anderen Teil,
als ein eiskalter Lufthauch sie innehalten ließ. Sie
schauderte. „ Wie in einer Gruft", dachte Joanna. Anscheinend ging hier auch die Klimaanlage durch und
hatte ebenso wie die Lichtleitung einen Knacks.
Auch der zweite Versuch den Blazer zurückzuhängen
scheiterte. Irgendetwas schien dagegen zu drücken,
gleichzeitig wichen die anderen Jacken zurück.
Sie war weder in der Lage, das eine Teil aus der
Hand zu legen, noch ein anderes zu ergreifen. Völlig
entnervt gab sie nach. „Du meine Güte, da drinnen ist
es aber kalt." „Kalt?" Kai blickte sie erstaunt an. „Da

144

drinnen erstickt man vor Hitze. Ah, du hast dir das Paradestück ausgesucht. Treffsicherer Geschmack." Sie hielt den Blazer vor Joannas Körper. Wow! Im Spiegel sah sie die Wirkung. Genau ihre Farbe! Glück gehabt! Kai begann mit ihrer Verschönerungsaktion. Joannas Aufregung wuchs. Wenn sie sich nun unsterblich blamierte? Vielleicht hatte Schwarz ja Recht und sie war nur ein unfähiges Großmaul! Ihr wurde jetzt richtig schlecht. Der Magen schien plötzlich mehrere Kilos zu wiegen und sich innerhalb von Sekunden mehrfach zu verknoten, Knoten, die sich Richtung Speiseröhre auftürmten und im Rachen an das Zäpfchen zu stoßen drohten. Kurzum, ihr war kotzeelend. „Ist dir nicht gut?" Kai blickte ihr besorgt ins Gesicht. „Hast Du mal ein Glas Wasser?" röchelte sie. Kai nickte mitfühlend und füllte einen Pappbecher. Gierig trank Joanna ihn aus und holte dann tief Luft. „Besser? Ich muss dir erst einmal den Schweiß abtupfen. Das ist das Lampenfieber. Aber keine Angst, das machst du mit links, glaub mir. Was die Larson kann, kannst du schon lange. Die kriegt doch sowieso alles über ihr Ohrpearcing zugeflüstert." „Ich auch?" fragte Joanna hoffnungsfroh. „Hat dir denn niemand etwas gesagt?" Sie schüttelte den Kopf. „Also, du bekommst gleich so ein hübsches fleischfarbenes Ding ins Ohr gesetzt und darüber bist du mit der Regie verbunden, die geben dir Anweisungen."

„Hä, ich mache also gar nichts selbst?"

„Doch, du sprichst mit den Kandidaten und so, aber von oben sagen dir die, wo du stehen sollst, wann du unterbrechen sollst und so was alles." Ihr wurde schon wieder etwas leichter zumute. Die Tür schwang auf und Ray marschierte herein.

„Also, in diesem Laden ist aber auch alles marode. Die Lichtleitung, die Türschlösser.." Kai drückte die Tür hinter Ray wieder ins Schloss.

„So Schätzchen, jetzt kommen die Haare dran. Ich binde sie dir nach hinten, so etwa oder lieber hochstecken?" Kai wurschtelte in Joannas Mähne herum und begann sie dann hochzustecken. „So, fertig! Gefällst du dir?" Fremd kam sie sich vor und älter.

„Hmm," sie nickte. „Ich lass dich mal ne Weile allein. Du hast noch fünfzehn Minuten. Dann holt Axel dich ab. Bis gleich." Sie verschwand aus dem Raum.

18

„Oh, Ray, ich habe Angst. Am liebsten möchte ich weglaufen. Ich schaff das nicht."

Ray nahm ihr Gesicht in beide Hände. „Schau mich an! Nein, nein nicht wegsehen! Schau mir ganz tief in die Augen, ganz fest. Lass dich durch nichts ablenken." Seine Stimme war ruhig, warm und sanft. Die Goldpünktchen in seinen Augen funkelten. Eine wohlige Ruhe durchströmte ihren Körper, sie fühlte sich augenblicklich leicht, schwebend, wie bekifft. Joanna musste lachen. Ray ließ ihr Gesicht los. „Na also, geht doch."

„Erzähl doch mal, was du so gehört hast."

„Also, Horst Gniffke, ist weniger wegen des Radweges da, sondern eigentlich wollte er Tilda Larson kennenlernen. Der dürren Julia geht es zwar darum, ihr Hauptbeweggrund ist aber eine Wette: Das sie es schafft ins Fernsehen zu kommen. Und jetzt kommt's: Die beiden dicken Mitstreiter von Gniffke, stecken mit dem Menschen vom Stadtplanungsamt unter einer Decke!"

„Wie das?"

„Sie geben schlichtweg blödsinnige Argumente gegen den Bau und lassen die Dürre siegen. Gleichzeitig sitzen zuhause bei ihnen Leute, die sich die Finger wund wählen."

„Aber, aber warum ?"

„Weil in diesem Fall die Kommune den heutigen Pausenknaller als Zünglein an der Waage sieht. Wenn heute ein Pro rauskommt, wird der Radweg gebaut mit Ver...irgendwas Pflaster. Und nun rate mal was der Haufen um Horst Gniffke beruflich macht?"

„Straßenbau?"

„Und wer wird den Auftrag bekommen?"

„Bingo! Das ist ja ein Ding! So was muss doch öffentlich ausgeschrieben werden?"

„Das wird es auch, aber die Herrschaften haben den

Vorvertrag schon in der Tasche! Die haben die Köpfe zusammengesteckt und darüber gesprochen. Außerdem erhält der Mann von der Stadt auch noch eine private Spende."

„Mist, jetzt müsste man an diesen Vertrag kommen."

„Ich glaube, es reicht schon wenn du in das Wespennest stichst, zumindest diese Brüder werden Schwierigkeiten haben, den Auftrag danach noch zu bekommen und der kleine Verknöcherte geht leer aus."

„Und wie heißt die Firma der beiden?"

„Die Paul und Partner OhG ! Ich werde mich jetzt schon mal sichtbar ins Publikum mischen. Ich wusste gar nicht, das Fernsehen so viel Laune macht."

Sprach's und verschwand. Joanna war zwar immer noch aufgeregt, aber ihr war nicht mehr schlecht. Die Tür zum Ankleidezimmer stand noch offen. Sie blickte nur kurz hinein. Jetzt war es unerträglich warm darin! Unheimlich! Als sie zur Klinke griff, zog ein eiskalter Hauch an ihr vorbei, die Drehstühle vor den Spiegeln wirbelten um ihre eigene Achse, gleichzeitig begann das Licht zu flackern, bevor es kurz darauf erlosch. Es wurde stockdunkel im Raum. Joanna lehnte sich an die Wand, die Moderationskarten an sich gepresst. Die Angst schnürte ihr den Atem ab. Etwas Eisiges, nicht Greifbares schien sich direkt vor ihr aufzubauen. Ungefähr einen Meter über dem Boden glomm ein kaltes blaues Licht auf. Erst ganz klein, wie eine Kerzenflamme, dann immer größer werdend, bis es die Form eines Kopfes hatte. Der schwebende Schädel spie wie die Drachen in den Sagen, Feuer! Blaues Feuer ! Die blaue Flammenzunge zielte auf den Schminktisch. Sie trug irgendetwas Weißes in ihrem Zentrum. Die Lampen über den Spiegeln begannen zu flackern und tauchten den Raum wieder in helles Licht. Der Spuk war vorbei. Neugierig trat sie an den Tisch. Dort lag ein DIN A vier Blatt. „Vorvertrag," las Joanna, „ zwischen der Paul & Partner OhG und dem Stadtplanungsamt, Abt. Straßenbau." Das was Ray gerade gesagt hatte, lag nun vor ihr. Wie war das möglich? Woher kam dieses Blatt? Wer hatte es dorthin gelegt? Axel steckte den Kopf zur Tür herein. „Bist du fertig?" Sie nickte und folgte ihm. Unsicher hielt sie den Vertrag in den Händen. Sollte sie das Dokument ausspielen? Was wenn es gefälscht war? Einerseits brannte sie darauf diesen Skandal publik zu machen, andererseits hatte sie Angst vor der eigenen Courage. Im Studio tobte schon der „Warm-Upper" und machte Stimmung im Publikum. Axel kam mit einem Tonassistenten. Der bastelte ihr einen fleischfarbenen Pinöppel ins Ohr und verkabelte sie mit einem Ansteckmikro. „Sag mal was", hörte sie im rechten Ohr. Joanna brabbelte irgendein krauses Zeug und fing an zu zählen. Früher hatte sie immer über die Moderatoren gelacht, die so einfallslos zählten, jetzt war sie auch so Eine. Sie hielt die Hand über ihr Mikro am Revers, schloss die Augen und murmelte inständig: „Ray, bitte hilf mir, Ray bitte komm!" Es dauerte nur Sekunden, da stand er unsichtbar neben ihr.

„Ich hatte so einen guten Platz, jetzt ist er weg!"

„ Ach, pfeif auf den Platz, schau dir lieber das hier an und sag mir, ob ich es verwenden soll?"

Er warf einen Blick auf den Vertrag in ihrer Hand und sein gutgelaunter Gesichtsausdruck verschwand augenblicklich. Er blickte so ernst, wie er noch niemals geblickt hatte. „Woher hast du das?" „Ich dachte, du könntest es mir sagen. Es lag plötzlich in meiner Garderobe."

Er schaute sich um. „Auf keinen Fall wirst du das verwenden!"

„Warum nicht?"

„Joanna? Alles in Ordnung?" Axel stand neben mir. Sie nickte. „Ich dachte gerade, du führst Selbstgespräche. Dreh mir jetzt bloß nicht durch!"

„Nein, nein!" Sie wandte sich ab und zischte durch die Zähne: „Also, was ist damit?"

„Ich kann dir nichts verbieten, aber vertrau mir. Verwende es nicht. Er darf nicht siegen."

„Was? Wer darf nicht siegen?"

„... begrüßen sie jetzt unsere Moderatorin Joanna Langveld!", hörte sie von draußen. „Raus, Mensch, raus, Joanna!"

Axel verpasste ihr einen derben Stoß in den Rücken. „Und lächeln!" Ehe sie sich versah stand sie im gleißenden Scheinwerferlicht. Unwillkürlich musste sie an eine Szene aus einem Doris Day-Film denken, als sie vor die Kamera geschubst wird und das Stottern anfängt. Das Publikum klatschte frenetisch und sie hatte einen Kloß im Hals.

„Um Himmels willen, sag was Begrüß die Leute!" plärrte jemand aus der Regie in ihr Ohr. „Sag „Herzlich Willkommen oder so, los!" brüllte es.

Joanna schluckte. „Guten Tag, meine Damen und Herren, herzlich willkommen zum Pausenknaller."

Wieder Klatschen und aus der Regie: „Und heute geht es um den Bau eines Fahrradweges in der

Brandnerstraße." Ohne sonderlich viel Charme wiederholte sie den Satz.

Und dann, als hätte jemand einen inneren Schalter angeknipst, sprudelten die Worte nur so. „Begrüßen sie mit mir für die Seite Pro, Julia Thorwald..." Julia, die Dürre, schritt mit ernster Miene an ihr Rednerpult und die Besucher klatschten erneut. „... und für die Seite Contra, Horst Gniffke."

Dann zeigte die Regie einen Einspielfilm über die besagte Straße. Man sah Radfahrer, die um Fußgänger herumkurvten, Radfahrer, die zwischen Bordstein und fahrenden Autos radelten, dann einen Unfall mit Blechschaden für das Auto und Beulen für den Radler, und dann die Forderung: Her mit dem Radweg! Joanna erteilte der dürren Julia das Wort und drückte auf die Stoppuhr. Sie ereiferte sich auch sogleich, bombardierte Horsti mit, zugegebenermaßen, guten Argumenten und hielt triumphierend eine lange Unterschriftenliste hoch. Als Herr Gniffke dann ausholte und seine Gegenspielerin attackierte, hätte Joanna am liebsten stop gerufen. Sie platzte innerlich mit dem Herr-Lehrer-ich-weiß-was-Gefühl. Wie Ray es ihr schon angekündigt hatte, brachten Horstis „Experten" nur ein sehr lahmes Contra, Julia war eindeutig besser gerüstet. Dann kam die Werbepause und das Zeichen für die Zuschauer im Studio und zuhause abzustimmen.

Joannas großer Auftritt nahte. Ray saß in der dritten Reihe und benahm sich wie ein normaler Zuschauer. Er hatte sogar etwas dümmlich grinsend in die Kamera gewinkt. „Noch zehn Sekunden", kam über die Lautsprecher. Axel hob im Hintergrund die Hand und zeigte durch absenken der Finger den Countdown. „Meine Damen und Herren, bevor wir uns das Abstimmungsergebnis ansehen, möchte ich Herrn Schulte-Növer vom Stadtplanungsamt etwas fragen. Stimmt es Herr Schulte-Növer, dass dieser geplante Radwegbau schon vor dieser Sendung beschlossen war und der Auftrag bereits an die Firma Paul & Partner vergeben wurde? Und das ohne öffentliche Ausschreibung?" Das graumausige Männchen wurde noch eine Spur grauer. „Im Übrigen", wandte Joanna sich ans Publikum, „sind die beiden benannten Experten von Herrn Gniffke, die Inhaber der besagten Firma!"

Pfiffe und Buhrufe kamen von den Sitzen. Schulte-Növer trat noch einmal an das Rednerpult. „Das ist absoluter Unsinn, so etwas wird bei uns nicht gemacht!"

„Und wie erklären sie sich dann..." Joanna wühlte in ihren Moderationsunterlagen und zerrte ein Blatt mit dem Sendeablauf hervor, „...den Vorvertrag zwischen Paul & Partner und der Stadt, der uns hier vorliegt!"

„Geben sie mal her!"

Die beiden Straßenbauer bildeten mit dem Stadt-Männchen eine bedrohliche Mauer. „Ich denke gar nicht daran, meine Herren. Ich gebe doch nicht meinen Trumpf aus der Hand." Im Hintergrund jammerte Gniffke: „Isch hab et euch ja gleich jesacht, dat geht schief!" Mehr wollten alle gar nicht hören. Ein Gong ertönte. „Und hier ist unser Ergebnis!"

Dreiundachtzig Prozent der Bürger hatten mit ja gestimmt, einschließlich der gedungenen Anrufer. Auf der Bühne wurde in der Zwischenzeit lautstark gestritten und aus dem Publikum wurde Schiebung und Korruption gerufen. Gar nicht so leicht für Joanna in diesem Tumult ein etwas ruhigeres Plätzchen zu finden, um sich zu verabschieden. Axel zerrte sie hinter die Kulissen. „Wahnsinn, das ist Wahnsinn! Wie hast du das in dieser kurzen Zeit erfahren? Das ist der Knaller!" Plötzlich war sie von der gesamten Crew umringt und alle redeten auf sie ein. Die Anspannung ließ nach und sie begann zu zittern.

„Kleinen Augenblick bitte " Das war Rays Stimme. Die Menge teilte sich.

„Frau Langveld würden sie bitte mitkommen, sie werden erwartet!" Er sagte es mit einer solchen Autorität, dass niemand den Ernst seiner Worte anzweifelte. Er brachte Joanna zurück in die Maske. „Geh rein und ruh dich eine Weile aus, ich halte die anderen schon irgendwie hin." Kein Wort über ihren Auftritt! Sie schluckte enttäuscht. Auf dem Schminktisch stand ein riesiger Strauß roter Rosen.

Von Ray ? Machten Engel denn so was? Voller Erwartung öffnete sie die kleine weiße Karte.

Ich wusste immer, dass du ein Riesentalent bist. Du warst super. Ich liebe dich wahnsinnig. Melde dich bitte! Michael.

P.S. Bitte bleib in der Wohnung, wir raufen uns schon wieder zusammen.

Ach nee, der hatte ja Nerven! Auf einmal sollte sie wieder der Star sein? Und zusammenraufen? Da konnte er lange warten! Das Telefon schrillte. „Ja?" Es war Schwarz. „Gar nicht so schlecht, Frau Kollegin, gar nicht schlecht. Aber ich möchte Sie doch bitten sofort in mein Büro zu kommen!" Das hörte sich gar nicht gut an.

Joanna faltete den verräterischen Vertrag zusammen und steckte ihn die Jackentasche, dann lugte sie auf den Korridor hinaus. Alles ruhig. Wohin hatte Ray die Meute wohl gelotst? Sie rannte in Richtung Schwarz' Büro.

20

Die Tür stand offen. Ein sichtlich nervöser Thomas Schwarz tigerte dort auf und ab. „Kommen sie, kommen sie schon rein!" Er packte ihren Arm, zog sie grob herein und schloss die Tür. „Wir haben ausgerechnet heute Besuch bekommen!"

Du meine Güte! Der Kerl hatte ja die Schweißperlen auf der Oberlippe stehen! Der Chefsessel mit der hohen Lehne schwenkte herum und darin saß der mit Abstand schönste Mann, den Joanna jemals zu Gesicht bekommen hatte. Er lächelte sie charmant an und dabei hatte sie das Gefühl, er könne ihre Gedanken lesen.

„Lucien de Natas, " stellte er sich vor. De Natas? Den Namen hatte sie schon einmal gehört. De Natas! Natürlich, er gehörte zum Konsortium, das die Anteilsmehrheit an City-TV hatte. Daher der aufgeregte Schwarz!

„Herr Schwarz würden sie uns bitte für einen Moment allein lassen." Die Bitte klang mehr wie ein Befehl und der dicke Fiesling klappte den bereits geöffneten Mund wieder zu. „Selbstverständlich, selbstverständlich." Er nahm eine beinahe devote Haltung an.

„Frau Langveld nehmen Sie doch Platz." Lucien die Natas' schmale gepflegte Hand wies auf die Sitzgruppe, in der sie vor zwei Stunden noch die kleine unbedeutende Joanna gewesen war. Er war groß, schlank und breitschultrig. Das volle honigblonde Haar trug er zu einem tief im Nacken gebundenen Pferdeschwanz. Seine Augenbrauen hingegen waren dunkel, ebenso seine langen Wimpern, die bernsteinfarbene Augen beschatteten. Die Nase war schmal und klassisch, wie bei einer griechischen Statue. Sein Mund hingegen voll und sinnlich. Als ihr Blick noch über sein markantes Kinn und seine hohen Wangenknochen wanderten, bemerkte sie, wie er amüsiert lächelte. „Ich, oh, ich...", Joanna fuhr sich über die völlig trockenen Lippen. „Möchten sie etwas trinken?" Er bot ihr ein

Glas Wasser an. „Frau Langveld, um es kurz zu machen, sie haben viel Talent. Dafür dass sie heute zum ersten Mal vor der Kamera standen, alle Achtung."

Mehr, jauchzte sie innerlich, mehr, das ging runter wie warme Vanillesoße! „Ich möchte ihnen eine eigene Sendung geben. Eine Talkshow mit Prominenten und Bürgern dieser Stadt. Es wird ihr Sprungbrett werden zu einer..." er machte eine bedeutungsvolle Pause, „ großen Karriere. Sind sie interessiert?" Da fragte er noch? „Ja, natürlich. Wie viel Zeit habe ich denn zur Vorbereitung?"

„Die neue Show soll in zwei Monaten auf Sendung gehen, das heißt ab heute viel Arbeit für sie. Trauen sie sich das zu?" Joanna nickte ergriffen. „Ein erstklassiges Team wird ihnen natürlich zur Seite stehen und wenn ich erstklassig sage, dann meine ich das." Er trat an Schwarz' Schreibtisch und drückte die Gegensprechanlage. „Schicken sie bitte Herrn Winter rein."

Lucien de Natas hatte Bewegungen wie eine Raub-katze, geschmeidig und edel. Er lächelte sie an. „Wol-len sie heute Abend mit mir essen gehen?"

Greif zu, schrien alle Hormone. „Ja... ja, sehr gern!" stotterte sie.

„Dann darf ich sie um acht Uhr abholen?" Er griff ihre Hand und führte sie an seine Lippen. Joanna spürte wie die Röte in ihr Gesicht kroch. „Sie sind ausge-sprochen reizend", flüsterte er dicht an ihrem Ohr. Es klopfte an der Tür. „Herein!" Michael Winter stand auf der Schwelle. „Frau Langveld, darf ich ihnen ihren persönlichen Coach vorstellen?" „Wir kennen uns be-reits", stellte sie völlig ernüchtert fest. Michael, ausge-rechnet! Er strahlte sie an, als sei nie etwas zwischen ihnen vorgefallen. „Joanna, das war toll! Hast du mei-ne Blumen bekommen?" Sie nickte. „Wir werden uns sicher sehr gut verstehen, Herr de Natas." „Denken sie daran, dass sie der persönliche Coach für Frau Langveld sind und immer, ich betone immer, ihren Wünschen gerecht werden müssen. Besorgen sie

doch bitte gleich mal eine Flasche Champagner."
„Selbstverständlich." Er verneigte sich und verließ das
Zimmer. Joanna kannte Michael viel zu gut, als das
sie ihm dieses devote Getue abnahm. Innerlich kochte
er höchstwahrscheinlich. Ach, tat das gut, dieses kleine Rachegefühl! Lucien de Natas ging zum Schreibtisch und nahm eine lederne Mappe hoch, als Ray
nur für Joanna sichtbar auftauchte. De Natas wirbelte
herum, seine Augen wanderten unruhig durchs Zimmer. „Haben sie auch etwas bemerkt?" „Nein, was
denn?" Er schaute sie durchdringend an, wandte sich
dann aber wieder der Mappe zu. Rays Gesichtsausdruck ließ sich kaum beschreiben. So widerstreitend
waren die Gefühle, die sich dort abspielten. Ungläu-
bigkeit, Wut, Angst und Traurigkeit gleichzeitig. Sie
hatte plötzlich ein schlechtes Gewissen. Da war Ray,
ihr Freund, ihr Engel, ihr Beschützer und wenn er ein
Mensch wäre, ein Mann zum Verlieben und sie hatte
lüsterne Gedanken beim Anblick de Natas! Sie
schämte sich. Rays Hände ruhten auf ihren Schultern

und übten einen sanften beruhigenden Druck aus. Lucien de Natas legte die Mappe mit einem Vertrag vor sie hin. „Lesen Sie und unterschreiben Sie!"

Mit diesen Worten drückte er ihr einen Füllfederhalter in die Hand. Unkonzentriert überflog sie das Schriftstück. Als sie hochblickte, hatte er den Kopf in den Nacken gelegt und die Augen halb geschlossen. Irritiert sah sie ihn an. Augenblicklich lächelte er und sagte entschuldigend: „Mir ist so, als sei etwas im Raum, das nicht hierhin gehört. Eine ungute Schwingung oder etwas Ähnliches." Ray flüsterte ihr zu: „Sag ihm, du möchtest den Vertrag erst einmal in Ruhe durchlesen, bevor du unterschreibst." Als Joanna Rays Vorschlag in die Tat umsetzte, verengten sich de Natas' Augen zu ärgerlichen Schlitzen. Er fasste sich aber schnell wieder. „Oh, Sie sind eine ganz Vorsichtige! Natürlich können sie den Vertrag in Ruhe durchlesen und heute Abend beim Essen hätte ich dann gerne ihre Antwort." Er stand dicht vor ihr. Nur wenige Zentimeter zu Rays Gesicht fehlten. Rays Körper strahlte Wärme aus, während Lucien die Natas Kälte abgab, wie ein offener Kühlschrank. Joanna bekam eine Gänsehaut. Was ging hier vor? Sie stand auf. „Finden sie es auch so kalt hier drin?" Er schüttelte den Kopf. „Ich nehme an ihre Anspannung lässt jetzt nach, das ist eine völlig natürliche Reaktion des Körpers." Es klopfte erneut an der Tür und Michael kam mit dem Champagner. Augenblicklich verschwand die Kälte. „Öffnen sie die Flasche bitte, " wies de Natas Michael an. Sie konnte ein leichtes Grinsen nicht unterdrücken. Wie er mit ihm umsprang, köstlich! Michaels Wangenknochen mahlten, aber er kam dem Befehl nach. „Auf eine schöne Frau und eine gute erfolgreiche Zusammenarbeit !" Lucien de Natas hob sein Glas und prostete ihr zu.

„Herr Winter wird von mir noch eine genaue Beschreibung seiner Aufgaben erhalten. Ich erwarte sie dann morgen pünktlich um neun Uhr, hier in diesem Büro. Frau Langveld, sie kommen dann bitte um zehn dazu. Das ist alles Herr Winter, wir brauchen sie nicht mehr.

Bis morgen also." Fast tat Michael ihr ein wenig Leid, als er sich mehrmals verbeugend, das Zimmer verließ. „Er hat sich sehr für sie eingesetzt, Frau Langveld. Das ich auf sie aufmerksam geworden bin, haben sie allein ihm zu verdanken. Ich glaube", dabei lächelte er hintergründig, „er ist in sie verliebt." Joanna starrte de Natas völlig fassungslos an. Michael sollte ihr Entdecker, Mäzen, Förderer oder wie immer man es nennen wollte, sein? „Machen Sie es ihm nicht zu leicht, das weckt seinen Jagdinstinkt. Flirten", er beugte sich wieder zu ihr, „flirten allerdings ist unbedingt erlaubt."

Dabei blickte er ihr tief in die Augen und sie hatte das Gefühl, das er ihre Gedanken las, die bei diesem Blick alles andere als keusch waren. Wieder spürte sie, wie ihr das Blut zu Kopf stieg. „Sie sehen entzückend aus, wenn sie erröten", flüsterte er heiser, „das findet man heute noch selten, wo unsere Welt doch so kalt und unpersönlich geworden ist," fügte er leicht ironisch hinzu.

Ray hinter ihr gab einen erstickten Laut von sich. Sein Gesicht war finster. „Wir müssen dringend miteinander reden!" Gerne hätte sie ihn gefragt, ob er eifersüchtig war, aber das ging ja leider noch nicht. „Ich darf mich dann von ihnen verabschieden?" fragte sie de Natas. „Natürlich!" Er ergriff ihre Hand und führte sie an seine Lippen. Die Berührung ging wie ein elektrischer Schlag durch ihren Körper. „ Ich freue mich auf heute Abend, meine Schöne." Seine Augen Plüsch und seine Stimme Samt.   Joanna schluckte, sie nickte ihm noch einmal zu und verließ den Raum.

*

Ray begleitete sie schweigsam. Seine Miene war versteinert und in dieser düsteren Stimmung erreichten sie die Wohnung. Drinnen hielt sie es nicht länger aus. „Sprich endlich mit mir, Ray! Was hast du?"

„Lass dich nicht mit diesem Lucien ein!"

„Warum? Er gibt mir eine Chance Karriere zu machen und diese Chance muss ich ergreifen.

Oder würde es dich stören, wenn ich mit ihm ins Bett gehe?" Sie versuchte zu lächeln.

„Koketterie steht dir nicht, also lass das. Außerdem geht es nicht darum. Ich bin enttäuscht. Ich hatte dich gebeten diesen Vertrag nicht in der Sendung zu benutzen und genau das hast du getan!"

„Dann hättest du mir erklären müssen warum. Du hast in Rätseln gesprochen. Was zum Beispiel sollte bedeuten: Er darf nicht siegen! Wer? Wer darf nicht siegen?"

Er blickte mich ernst an. „Joanna, zwischen Himmel und Erde gibt es Mächte, die für euch Menschen unbegreiflich sind. Nicht nur Gutes, genauso viel Böses. Frag dich selbst und dein Gewissen: War es fair dieses Papier zu verwenden? Wie erklärst du den anderen, woher du es hast? Glaubst du derjenige, der dir diesen Vertrag zugespielt hat, hat es aus reiner Menschenliebe getan? Nein, er hat es getan um Unruhe zu stiften, Unfrieden zu bringen. Du hast andere Menschen bloß gestellt, wahrscheinlich den Bau dieses Radweges verzögert, wenn er jetzt überhaupt noch gebaut wird."

„Ja, bist du denn dafür nichts zu sagen? Korruption, Bestechung, Schmiergelder gutzuheißen?"

„Nein, natürlich nicht, aber du hättest es hinter den Kulissen mit den Beteiligten direkt besprechen sollen."

„Ray, entschuldige das ich dich unterbreche, aber ich bin beim F e r n s e h e n! Mit einem langweiligen Heile-Welt-Programm reißt du heute keinen mehr vom Hocker, heute bestimmen die Einschaltquoten die Güte einer Sendung. Auch wenn das nicht immer schön ist, es ist leider die Realität! Und Ray: Ich bin kein Engel und auch keine Heilige!"

Sein Blick wurde weicher. „Ich weiß, verzeih mir meinen Ausbruch, als Engel darf ich das eigentlich nicht. Es ist ja auch alles ein bisschen viel für dich. Die Ereignisse überstürzen sich ja förmlich. Aber als ich diesen...diesen Verführer da vor dir stehen sah, hätte ich am liebsten zugelangt!"

Sie horchte auf. Hoppla, das klang ja fast eifersüchtig! Joanna ging auf ihn zu und umschlang ihn. Sein Körper war eine einzige Abwehr. Sie schmiegte trotzdem ihren Kopf an seine Brust und langsam, ganz langsam hob er seine Arme und drückte sie an sich. So hätte sie ewig stehen mögen. Sie fühlte sich so sicher, so geborgen. Aber etwas fehlte, nur was? Sie spürte seine Arme, seine Muskeln, seinen Atem, aber – keinen Herzschlag. Sie hob den Kopf. „Ray, ich höre keinen Herzschlag, habt ihr... habt ihr kein Herz?" Er lächelte sie liebevoll an. „Nein, das brauchen wir nicht. Ich sagte dir doch schon einmal, die Wärme, die du spürst ist gebündelte Energie. Energie von dir, aus der Atmosphäre, aus Sonnenlicht. Wir brauchen keine Nahrung, keine Flüssigkeit, wir leben alleine durch eben diese Energie." „Dann hast du auch... dann kannst du auch", sie geriet ins Stottern," dann kannst...könntest du gar nicht mit einer Frau ..?"

„...schlafen?" ergänzte er. Sie nickte verlegen.

„Nein", griente er,   „dazu fehlt uns das Rüstzeug."
„Oh, Entschuldigung." Du meine Güte, wie peinlich.
Sie blickte auf die Uhr. „Ich werde mich jetzt mal ein
bisschen aufbrezeln, ich habe heute Abend schließlich ein Date! Und guck nicht so, da passiert schon
nichts!" Trällernd verschwand sie im Bad. Wenn Ray
völlig unsichtbar war, könnte er doch auch ihr beim
Duschen... „Ray ?"
Er erschien in der Baderzimmertür. "Könntest du mich
beispielsweise hier drinnen beobachten, ohne dass
ich das mitbekomme?" Er lachte. „Na klar, können tue
ich das, aber ich weiß auch was ein Gentleman ist
und ich bin auch kein Spanner. Zufrieden?"
„Ja, danke." Sie schloss die Türe wieder. Sie rutschte
heute aber auch bei ihm von einer Peinlichkeit in die
nächste.

Als sie wieder aus dem Badezimmer trat, war Ray in
den Vertrag vertieft.

„Na", fragte Joanna, „welche Gemeinheiten stehen im Kleingedruckten?"

„Der Vertrag ist einwandfrei abgefasst, wenn du denn alles so erfüllen möchtest."

„Und, was muss ich erfüllen?"

„Du bindest dich auf drei Jahre an Natas, er garantiert dir feste Engagements. Bei den Angeboten hast du nur bedingtes Mitspracherecht, z. B. dass du nichts Obszönes machen musst, ansonsten bestimmt er was du zu tun hast und wie du aussehen sollst. Er kauft dich also mit Haut und Haaren." Da war er wieder, der leichte Unterton, der ihr heute schon ein paar Mal aufgefallen war. „Meinst du ich sollte absagen?"

„Nein, das ist eine Chance für dich, aber verlang mehr Mitbestimmung. Bleib dir selbst treu." Als er ihr unsicheres Gesicht sah, lächelte er wissend. „Du hast Angst, dass es dann nicht mehr klappt, nicht wahr? Sei unbesorgt, er will dich." Das klang ein bisschen traurig. Sie war doch nicht blöd, auch wenn sie mit Männern nicht die Riesenerfahrung hatte, Ray musste mehr für sie empfinden als er zugab. Er hob den Kopf. „Natürlich bist du nicht blöd, natürlich liebe ich dich, du bist meine Schutzbefohlene", sagte er schroff. „und das ist auch alles!" Peng! Und schon wieder lief Joanna rot an. Sie vergaß jedes Mal, dass er ihre Gedanken lesen konnte. „Ich werde den Vertrag jetzt erst mal in Ruhe durcharbeiten", lenkte sie ab. Sie verzog sich in eine ruhige Ecke und versuchte zu verstehen, was Lucien (jetzt nannte sie ihn schon in Gedanken beim Vornamen!) von ihr verlangte. Hörte sich doch recht gut an. Allerdings, und da hatte Ray recht, geschah alles unter seiner Regie. Er bestimmte, wo sie zum Einsatz kommen sollte, er bestimmte die Themen, er bestimmte die Crew, er wollte sogar ihr Outfit bestimmen. Wenn es ihm also beliebte, musste sie sich morgen die Haare blond färben oder blaue Kontaktlinsen tragen. Lediglich Themen und Auftritte, die sich unterhalb der Gürtellinie abspielten, konnte sie ablehnen. Als Joanna ihre Gage las, wurde ihr schwindelig. Das war ja eine Mordssumme! Davon hatte sie mal geträumt, aber nie gewagt das mal zu erreichen. Einerseits widerstrebte es ihr, sich mit Haut und Haaren auszuliefern, andererseits würde ihr das Honorar ein angenehmes Leben verschaffen. Ray saß ihr gegenüber und beobachtete sie aufmerksam. „Verlang mehr Mitbestimmung, das Recht zu verschiedenen Projekten nein zu sagen und dann unterschreib. Er geht darauf ein, glaube mir!" Warum war sich Ray da so sicher? „Vertrau mir einfach." Er stand auf und ging zum Fenster. In den letzten Strahlen der Abendsonne wirkte er wie ein Scherenschnitt, an den Rändern mit einer feinen gleißenden Aura. Seine „Unwirklichkeit", sein Nicht-Mensch-Sein wurde ihr in diesem Moment schmerzlich bewusst. Auch wenn Lucien de Natas auf sie eine große sexuelle Anziehungskraft hatte, so sehnte sich jede Faser ihres Herzens nach Ray. War sie etwa verliebt? Nachdenklich verließ Joanna das Zimmer, um sich umzuziehen. Sie öffnete ihren Kleiderschrank und starrte hinein, als stünde dort jemand. Statt endlich glücklich zu sein, war sie jetzt völlig verwirrt. Sie holte tief Luft. Da musste sie durch. Offensichtlich war sie in Ray verliebt, er aber nicht in sie. Und selbst wenn, würden sie nie zueinander finden. Gedankenverloren griff Joanna nach ihrem kleinen Schwarzen. Wenn Ray keine Gefühle kannte, konnte sie ihn auch nicht verletzen. Was hinderte sie also daran, sich auf Lucien einzulassen? Sie betrachtete sich im Spiegel. Gut sah sie aus. Vielleicht ein, zwei Kilo zu viel auf den Hüften, aber das Kleid kaschierte das geschickt. Noch einen zarten Chiffonschal um die Schultern gelegt und sie war bereit zum Ausgehen. Die Pumps waren etwas ungewohnt, da sie mit High Heels nicht so vertraut war. Es klingelte. Aha, Lucien war pünktlich! Sie stöckelte ins Wohnzimmer. „Ich geh dann jetzt!" Ray stand immer noch am Fenster. Er wandte sich nicht um. „Wie seh ich aus?" fragte sie und drehte sich einmal um die eigene Achse. Er warf einen Blick über die Schulter. „Du siehst sehr gut aus", antwortete er ernst. „Wenn du mich brauchen solltest, ruf mich. Ich werde kommen, denn ich bin heute Abend nicht neben dir. Ich vermute, das ist in deinem Sinne." Dann starrte er wieder aus dem Fenster. Joanna schluckte.

So schroff musste er sie ja nun auch nicht behandeln! Sie griff nach ihrer Tasche und dem Vertrag und verließ wortlos die Wohnung.

*

Ray stand am Fenster und sah in den flammenden Sonnenuntergang. Was war bloß los mit ihm? Er hatte das Gefühl, dass er der am Anfang so leicht erscheinenden Aufgabe nicht gewachsen war. Seit er Joanna gesehen hatte, war etwas in ihm, das er nicht beschreiben konnte. War es das, was die Menschen Liebe nannten? Ray war verwirrt. So würde er seine Mission niemals erfüllen können. Er sollte sich besser zurückrufen lassen. Aber da war dieser Lucien de Natas! Er kannte ihn, war ihm schon einmal begegnet.

Er war eine Gefahr, etwas Bedrohliches und seine Aufgabe war es, Joanna zu schützen. Er gab es ungern zu, aber er brauchte Hilfe.

21

Ein Chauffeur in Livree stand neben der dunklen Limousine. Er deutete eine Verbeugung an und öffnete die Tür zum Fond. Joanna hatte erwartet, dass Lucien dort saß, aber sie fuhr allein. Der Wagen hielt vor einem entzückenden Landgasthaus. Grüne Läden umrahmten golden leuchtende Fenster und ein Reetdach saß wie eine große Mütze auf einem eckigen Kopf. Durch die weit geöffnete Tür sah sie die weiß eingedeckten Tische und – wie es schien - hunderte von Kerzen. Ein schmiedeeisernes Schild über dem Eingang schwang leicht im Abendwind hin und her. „Auberge d'Or", las sie und meinte vor kurzem in einem Stadtführer diesen Gourmet-Tempel gesehen zu haben. Der Empfangschef sprach sie mit Namen an und überrascht ließ sie sich zu einem Tisch bringen. Lucien de Natas erwartete sie bereits. Er erhob sich, küsste ihre Hand und es schien als radiere er gerade in Gedanken ihre Kleider weg. „Wie könnte ein erfolgreicher Tag schöner zu Ende gehen, als mit einer schönen Frau?" Sie setzten sich und der Kellner brachte einen Champagnercocktail. Joanna bedankte sich artig und fragte sich, ob der Abend so weiterlaufen sollte. Sie saß bloß da und er bestellte und bestimmte. Widerspruch regte sich in ihr. „Als Vorspeise habe ich mir gedacht..." „Verzeihung", sie unterbrach ihn," aber ich möchte entweder selbst die Karte sehen oder hören was die Küche heute empfiehlt." „Oho, eine ganz Selbstbewusste! Das liebe ich an Frauen. Frauen, die wissen, was sie wollen." Er lächelte herzlich, aber seine funkelnden Augen sagten das Gegenteil. Während des Essens, dass Joanna sich selbst zusammenstellte, fragte er nach ihrem beruflichen Werdegang, der Schulbildung, ihren Talenten und Wünschen für die Zukunft. Ganz wie ein richtiger Chef. Als sie beim Espresso angelangt waren, wollte er eine Entscheidung hören. „Ich unterschreibe. Aber nur, wenn ich einige Entscheidungen selbst treffen kann, beziehungsweise Mitspracherecht habe."

Puh, jetzt war es raus! Lucien de Natas schaute sie eine Sekunde lang sprachlos an und dann lachte er schallend. „Sie sind einmalig! Jede andere hätte mit Freuden jajaja gesagt und sie stellen Bedingungen!" Langsam machte dieser Kerl sie wütend. „Ich verkaufe mich nicht mit Haut und Haaren!" zischte sie ihm zu. Augenblicklich verstummte er. „ Haben sie die entsprechenden Passagen schon geändert?" Joanna nickte und schob ihm die Papiere über den Tisch. Aufmerksam las er die handschriftlichen Änderungen. Sie spürte wie Panik in ihr hochstieg. Wenn sie nun doch einen Fehler gemacht hatte? Lucien de Natas war bestimmt kein Mann, dem man Bedingungen stellen konnte. „Das geht in Ordnung." Er warf ihr einen schrägen Blick zu. „Ich lasse die Änderungen morgen einsetzen und dann hätte ich gerne ihre Unterschrift. Und das mit den Haut und Haaren, das werden wir ja sehen." Den letzten Satz hatte er so leise gesprochen, dass ich ihn kaum verstehen konnte. Er nahm den Vertrag und verstaute ihn in einer schwarzen Ledermappe. „Und jetzt sollten wir an der Bar noch auf die frischgebackene Moderatorin anstoßen." Joanna folgte ihm. Er steuerte zielstrebig auf eine kuschelige Zweierecke zu. Sie hörte die Hormone ausgelassen Polka tanzen, aber ihre gute Erziehung rollte im Geiste Pfui-Transparente aus.

Lucien de Natas musste die widerstreitenden Gefühle ihrem Gesicht angesehen haben. „Setzen sie sich, ich fresse sie nicht. Im Vertrauen, ich nehme niemals etwas, was mir nicht freiwillig geboten wird." Gut, dass das Licht so schummerig war, denn sie spürte abermals die aufsteigende Röte.

Gott wie peinlich! Der Mann musste sie ja für eine total prüde Ziege halten. Sie hatte es nie gelernt die weiblichen Reize als Karrierebeschleuniger einzusetzen und war auch jetzt noch nicht sicher, ob sie das wollte. Joanna versank fast in dem weinroten Polster. Lucien rutschte neben sie. Ein Kellner brachte zwei

Cocktails. „Auf eine gute Zusammenarbeit ...mit einer wunderschönen Frau!" Er hob sein Glas und sah ihr tief in die Augen. „Weißt du, wie bezaubernd du bist?" Sie war sprachlos. Einerseits taten ihr seine Komplimente ungeheuer gut, andererseits hatte sie richtig Angst vor dem was geschehen könnte.

„Warum bist du so ängstlich? Ich werde dich nicht kompromittieren. Dein Ruf wird untadelig bleiben, glaube mir." Er nahm ihr das Glas, an dem sie nur genippt hatte, aus der Hand und stellte es ab. Lucien strich ihr das Haar aus dem Gesicht und umschloss es mit beiden Händen. Dann beugte er sich vor und berührte ganz zart mit den Lippen ihre Stirn, wanderte dann zu den Augen, strich sanft über die Wangen und fand wie selbstverständlich ihren Mund. Seine Arme umschlangen sie jetzt und sie spürte seinen sehnigen harten Körper. Er stöhnte leise auf, sein heißer Atem streifte ihr Ohr und ließ ihr einen wonnigen Schauer über den Rücken laufen. Wie von selbst öffnete sich nun auch ihr Mund und seine Zunge erforschte die feuchte warme Höhle. Sein Kuss war heiß, feurig und sie hatte das Gefühl er saugte ihr die Seele aus dem Leib. Vor ihren geschlossenen Augen brannte ein buntes strahlendes Feuerwerk ab... und mittendrin sah sie plötzlich Ray, der mit den Armen das Feuerwerk abwehrte. Als hätte jemand einen Schalter umgelegt, war ihre Erregung verschwunden. Lucien hielt inne. „Was hast du?" Er musterte ihr verlegenes Gesicht. „Es gibt einen Mann in deinem Leben, nicht wahr?" Joanna nickte stumm. „Aber er will dich nicht. Stimmt's?" Woher wusste er das?

„Deshalb ist das, was wir hier tun, auch kein Betrug. Wenn ich damit deine Skrupel ausräumen kann..." Er hielt ihr das Glas entgegen. „Trink! Liebeskummer ist ein schlechter Ratgeber." Eigentlich hatte er ja Recht. Ray wollte sie nicht, also wo war das Problem, den Verführungskünsten Luciens nachzugeben? Andererseits war es auch reizvoll, den großen de Natas zappeln zu lassen. Sie holte tief Luft. „Du hast Recht. Lass uns die Cocktailkarte mal richtig lesen!" Seine

Augenbrauen zuckten erstaunt in die Höhe. Dann lächelte er umwerfend und bestellte.

*

Ray saß im dunklen Zimmer. Schon seit Stunden dachte er über seinen Besuch bei ADH 31 nach. Der Alte hatte ihn weise angelächelt und sofort gewusst, was ihm widerfahren war. „ Manchmal frage ich mich, ob du zum Engel überhaupt taugst." „Blödsinn! Ich mag sie, ja. Aber das ist doch natürlich, dass man den Menschen, den man beschützen soll, auch mag." ADH 31 hatte nichts erwidert, nur wissend gelächelt. Ray hatte mit dem Kopf geschüttelt. „Mir macht etwas ganz anderes Sorgen. Er ist wieder da, er sieht nicht mehr so aus wie damals, aber er ist es, ich spüre es." Zutiefst erschrocken hatte ihn der Alte angeschaut. „Du meinst...Nein, nein, das kann nicht sein. Das wäre eine seltsame Fügung, wenn ausgerechnet ihr beide wieder zusammen..." „Ich bin mir fast sicher. Wenn es so ist, werde ich Hilfe brauchen. Es soll auch nicht so enden wie damals...und ein Erzengel bin ich schließlich auch nicht!" „Nein, ich glaube, XRY 1157, du bist ein...sagen wir mal sehr menschlicher Engel. Ich werde es dem großen Rat vortragen, wir werden eine Lösung finden." Mit diesen Worten endete das Gespräch.   Seitdem saß Ray in dem dunklen Zimmer und zermarterte sein Hirn, wie er weiter vorgehen sollte. Hatte ADH 31 vielleicht doch Recht? Empfand er mehr als nur Freundschaft? Er musste verhindern, dass sich Joanna in ihn verliebte! Das würde seine Mission unendlich erschweren. Er war gekommen, um Freude, Selbstbewusstsein, Glück und Schutz zu bringen.   Aber alles was dabei herauskäme, wäre eine unerfüllte Liebe. Er erschauderte.

Und dann war da noch dieser Lucien…

22

Irgendetwas hämmerte unbarmherzig auf Joannas Kopf herum. Instinktiv versuchte sie es zu verscheuchen. Ihre abwehrenden Hände erwischten etwas Kaltes, Hartes, dann ein ohrenbetäubendes Scheppern, aber immer noch hämmerte es weiter. Irritiert richtete sie sich auf. Sie war in einem fremden Zimmer! Das Hämmern kam von rechts. Sie schwang die Beine aus dem Bett, stieg über die zerdepperte Nachttischlampe und ging dem Geräusch entgegen. Jemand klopfte ohne Unterlass an die Tür. Joanna öffnete sie einen Spalt. Draußen stand offensichtlich eine Hotelangestellte. „Frau Langveld ?" Sie nickte. „Wir haben versucht sie telefonisch zu wecken, aber sie haben nicht reagiert. Entschuldigen Sie bitte, aber Sie haben extra gebeten Sie mit Nachdruck zu wecken, da Sie um zehn Uhr bei City-TV sein müssen." Ihr Termin! Oh Gottohgott! „Danke, danke vielmals", stotterte sie und schloss die Tür. Schlagartig war sie hellwach. Wo war die Armbanduhr? Da! Himmel noch mal, es war halb zehn! Sie rannte ins Badezimmer und starrte ihr verschmiertes und verschlafenes Gesicht im Spiegel an. Sie drehte die Dusche auf, seifte Körper, Gesicht und Haare in Rekordzeit ein, hinterließ jede Menge Make-up Spuren in dem blütenweißen Handtuch und begann ihre Sachen aufzusammeln. Während sie mit einer Hand ihren Slip anzog, tippte sie die Nummer der Rezeption. „Bestellen Sie mir bitte ein Taxi und machen die Rechnung fertig? Danke!" Sie wartete die Antwort gar nicht erst ab und warf den Hörer wieder auf die Gabel. Über dem Sessel hing ihr Kleid, der Schal lag auf dem Boden vor dem Bett und einen Schuh fand sie auf dem Schreibtisch. Verflucht! Wo war der BH? Nirgends zu finden! Dann eben ohne, wie gut dass es draußen warm war, dann hatte man auch nicht so viel anzuziehen. Sie schlüpfte in das schwarze Kleid und einen Schuh und humpelte durch das Zimmer. Im Laufschritt ergriff sie ihre Handtasche und den Schal. Vor der Zimmertür lag Schuh Nummer zwei.

Sie ließ noch einmal den Blick durch den Raum schweifen, aber der BH war nirgends zu sehen. Dann eben nicht. Im Laufschritt rannte sie zu den Aufzügen. Gleich Viertel vor zehn! Wenn das keine Rekordzeit war.

Der Aufzug ließ sich Zeit. Joanna hämmerte wie besessen auf die Knöpfe. Nichts! Sie war im dritten Stock, also dann Beine und Schuhe in die Hand und Treppen laufen. Als sie mit hochrotem Kopf und außer Atem an den Empfang keuchte und japsend die Rechnung verlangte, antwortete die uniformierte Dame: „Ihr Taxi wartet schon und die Rechnung wurde gestern Abend bereits beglichen. Wir hoffen, Sie waren..." Den Rest hörte sie nicht mehr, denn sie hetzte durch die Drehtür nach draußen.

Im Taxi atmete Joanna erst einmal tief durch und kramte in ihrer Handtasche nach Kosmetika. Sie tupfte Puder ins Gesicht und malte so gut es ging die

Lippen aus. Mehr hatte das Mini-Angebot an Verschönerungsmaterialien nicht zu bieten. Das feuchte Haar kämmte sie mit den Fingern durch. Noch ein Fishermans Friend gegen schlechten Atem, denn eine Zahnbürste gehörte üblicherweise nicht zu ihrer Ausstattung einer Abendeinladung, und sie fühlte sich wieder einigermaßen als Mensch. Erst jetzt wurde ihr bewusst, dass sie aus einem Hotel kam.

Joanna konnte sich beim besten Willen an nichts erinnern! Hatte sie etwa mit Lucien...? Nein, das hätte sie doch merken müssen, oder? Meine Güte, war das peinlich! Wie sollte sie ihm gleich begegnen? Hatten sie sich geduzt? Vage erinnerte sie sich an einen Kuss. Oder mehrere? Na toll, das fing ja gut an! Die neue Moderatorin, die heute über ihre neue Sendung informiert wurde, hatte sich zum Auftakt in die Besinnungslosigkeit gesoffen, wahrscheinlich mit Verlust der Muttersprache und bar jeglichen Schamgefühls. Bah! Selbst eingebrockt, da musste sie nun durch. Das Taxi hielt vor dem Gebäude. Während sie zahlte, sprang draußen der Zeiger der großen Normaluhr auf zehn. Joanna hetzte am Pförtner vorbei Richtung Treppe. Klack-schlurf, Klack-schlurf, Klack-schlurf. Die Absätze ihrer High Heels veranstalteten ein Stakkato der besonderen Art auf den Marmorfliesen in der Eingangshalle. Herr Nowitzki, der Pförtner, sah ihr kopfschüttelnd hinterher. Zwei Minuten nach zehn öffnete Joanna die Tür zu Lucien de Natas Büro. Er saß bereits am Schreibtisch, edel, gepflegt und völlig relaxed. Er lächelte sie freundlich, aber unverbindlich an. „Sie sind ja fast pünktlich, das darf ihnen aber bei Sendungen nicht passieren." „Ich weiß, ich habe verschlafen, soll nicht mehr vorkommen." Dabei beobachtete sie ihn genau. Aber da war kein wissendes Lächeln, nichts was auf eine gemeinsam verbrachte Nacht schließen ließ, auch kein vertrauliches Du. Insgeheim atmete sie auf. Dann hatte sie also nicht mit ihm... aber wie war sie in das Hotel gekommen?

„Ich habe den Vertrag nach ihren Wünschen ändern lassen. Lesen Sie ihn noch einmal durch und unterschreiben dann bitte."

Joanna überflog die geänderten Passagen und setzte ihre Unterschrift unter den Vertrag. Sie hatte eine eigene Sendung! Davon träumten so viele und ihr war sie zugefallen wie ein Lottogewinn. Sie spürte Luciens Blick auf ihrem Scheitel. Joanna schaute ihn an. Was er doch für seltsame Augen hatte. Zwei Stückchen Bernstein, hinter denen ein Feuer glomm.

„Auf gute Zusammenarbeit!" Er reichte ihr die Hand. „Kommen Sie, ich stelle Ihnen jetzt ihr Team vor." Im Nebenraum saßen erwartungsvoll ihre Mitarbeiter. Ihre Mitarbeiter! Wie sich das anhörte, sie konnte es so richtig immer noch nicht glauben.

„Darf ich ihnen vorstellen: Anja Keutmann, Olli Leike und Kerstin Wegener, ihr Recherche-Team, Nicoletta Terpitz, ihre Sekretärin, Michael Winter, ihren persönlichen Assistenten kennen sie ja bereits und Martin „Doppi" Hülldopp ihr Visagist und Stilberater." Alle nickten freundlich in ihre Richtung. „Je nach Bedarf werden ihnen dann noch Praktikanten zugeteilt, oder", er lächelte leicht spöttisch, "sie dürfen sich die Person auch selbst aussuchen. Vorausgesetzt sie passt ins Team."

Alle Augen waren nun erwartungsvoll auf Joanna gerichtet. Die Zunge lag wie ein dicker trockener Schwamm in ihrem Mund. Klar, sie sollte wohl eine kleine Ansprache halten. Stattdessen gurgelte sie etwas in Michaels Richtung und deutete ihm an, dass sie etwas zu trinken brauchte. Wie viele Drinks waren es eigentlich gewesen? Nach dem ersten Schluck Wasser begrüßte sie alle und wünschte eine gute Zusammenarbeit. „Was mich jetzt interessieren würde: Welchen Titel hat die Sendung und vor allen Dingen welchen Inhalt?"

Michael klärte auf. „Die Sendung ist den Promis dieser Welt gewidmet. Also ein Schauspieler, Sänger, Maler oder so, wird eingeladen, meistens befinden die sich sowieso auf Promotiontour oder so, die Sendung beginnt mit einem Filmausschnitt, Musikvideo oder so, dann kommt ein zehn bis fünfzehnminütiges Interview und dann der Clou," er machte eine Kunstpause,"trifft ein Fan seinen Star! Nicht irgendwo hinter der Bühne oder so, wo er ein Autogramm und vielleicht ein T-Shirt bekommt, nein, direkt in der Sendung und das wird ausgestrahlt. Das Treffen findet in einer gemütlichen Bar statt, die ist natürlich hier bei uns, Kulisse..." „Oder so," ergänzte Joanna laut. Irritiert blickte Michael sie an, aber Joanna hatte das Bedürfnis diese Oder-so-Orgie zu unterbrechen. Wieso musste das ausgerechnet in einer Bar spielen? Sie merkte, wie so ganz langsam ihr angesäuerter Magen rebellierte. „Also," fuhr Michael fort, "wichtig ist, das an diesem Tag der Fan, genauso behandelt wird wie der Star. Er wird ebenfalls angekündigt und darf seinem Star Fragen stellen, ganz als wenn er einen guten Freund trifft und du bist die Gastgeberin. Stars haben wir schon einige auf der Liste, das Management ist angeschrieben. Sobald wir Antwort haben oder s...," ein kurzer Blick zu Joanna, „geben wir über den Sender und in der Tageszeitung bekannt wer kommt und die Fans können schreiben. Wir suchen dann einen aus. Was wir jetzt noch dringend brauchen ist ein Titel für die Sendung." „Tja, sagte Joanna, "und den sollten wir jetzt gemeinsam erarbeiten."

Am frühen Nachmittag hatten sie endlich einige brauchbare Titelvorschläge zusammen. Zur Auswahl standen: Fan-Point, Punkt um, Happy Hour und Treff um fünf. Die Mehrzahl und dazu zählte auch Joanna war für Happy Hour. „Weil es ja eine glückliche Stunde für den Fan ist." meinte Anja treffend und Olli ergänzte kichernd: „Und die Getränke für alle frei sind." Redet nicht vom Trinken, betete Joanna innerlich.

Axel steckte den Kopf zu Tür rein. „Ihr müsst bitte jetzt unterbrechen, wir brauchen dich für den Pausenknaller!" Auch das noch! Den hatte sie total vergessen. Sie folgte Axel, der wie gewohnt ohne Punkt und Komma redete. „Heute geht es um Altpapiercontainer, die immer angesteckt werden. Pro möchte die trotzdem erhalten, weil sie sonst zu weit laufen müssten, Contra will die weg haben, wegen Schmutz und Feuer. Hier hast du die Moderationskarten, Kai wartet schon auf dich. Ist doch alles ganz easy, Joanna. Die..." „Axel," unterbrach sie ihn, "stehen die Themen eigentlich schon alle fest ?"

„Ja, die gibt es schon für Wochen im Voraus. Nur wegen der Publikumsabstimmung können wir die nicht aufzeichnen, sonst…" Sie unterbrach erneut. „Dann gib mir die Themen für die komplette Woche mit, immer zwischen Tür und Angel, das ist mir zu stressig." „Ok, ich bring sie dir nachher vorbei." Joanna nahm Platz vor dem Frisiertisch und Kai rückte mit ihrem Schminkkoffer an.

„Du siehst aber heute reichlich übernächtigt aus. Ist wohl gestern spät geworden?" Sie zuckte zusammen. Woher wusste sie das? „Ja, ich hatte gestern noch ein längeres Geschäftsessen und das ist ein bisschen ausgeartet." Kai grinste. Sie beugte sich zu ihr runter und flüsterte in ihr Ohr: "Der ist ja auch der Knaller in Tüten, oder?" und als sie das verständnislose Gesicht sah, „Der sieht doch wohl knackengeil aus, unser Lucien. Sagt dein Michael gar nichts dazu?" „Das ist nicht mein Michael", erwiderte Joanna, „nicht mehr." „Na, Streit kommt doch in den besten Beziehungen vor. Er hat dir doch längst vergeben." Was? Das war doch wohl das Letzte! Bevor sie ihren Kommentar dazu abgeben konnte, wirbelte Michael, der Gnädige, herein. „Schatz, weißt du wer dein erster Interviewpartner sein wird?" „Nenn mich nicht Schatz", fauchte sie. Kai und Michael warfen sich verständnisvolle Blicke zu. Kai klopfte beruhigend auf meine Schulter. „Hier sind wir unter uns, Joanna. Im Sender ist es doch ein offenes Geheimnis, dass du und Michael ein Paar seid..." „...gewesen sind. Wie oft soll ich das noch sagen!" brüllte sie. „Schon gut, schon gut. Du bist nervös, verstehe ich. Ich bin auch gleich wieder weg. Ich wollte nur sagen", Michael machte eine Kunstpause", dass voraussichtlich George

Clooney dein erster Happy Hour Partner ist. Toll was?
Bis nachher!" Und damit verschwand er durch die Tür.
Kai wollte wieder etwas sagen, aber Joanna brachte
sie mit einer unwirschen Handbewegung zum
Schweigen. „Ich möchte mich jetzt auf die Sendung
konzentrieren." Kai murmelte etwas von Staralüren
und machte sich beleidigt daran, die Haare hochzustecken.

*

Michael klopfte an die Türe und wartete auf das Herein.
Lucien de Natas sah von irgendwelchen Unterlagen
auf. „Ah, der Personal Coach meines neuen Stars!"
„Sie wollten mich sprechen?"
„Ja, kommen Sie doch näher. Sie haben nicht zufällig
die rote Ledermappe dabei?" Der Schreck, der Mi-

chael durch die Glieder fuhr, war offensichtlich. Lucien de Natas weidete sich einen Moment an dem verblüfften Gesicht und den angstgeweiteten Augen.

„Aber, Michael, wer wird denn so erschrocken gucken. Also, haben Sie die Mappe dabei oder nicht?"

Mechanisch nickte er.

„Na also, dann holen Sie die bitte. Ich hoffe, Sie haben den Vertrag schon durchgelesen, ich möchte ihre Unterschrift darunter sehen. Was ist?" Michael starrte immer noch wie paralysiert auf den Mann hinter dem Schreibtisch. Lucien hob eine in rotes Leder gebundene Mappe hoch. „Diese hier meine ich, so sah sie doch aus, oder?"

Er nickte erneut und verließ wie aufgezogen das Büro. An seinem Platz nahm er die Mappe aus seinem Aktenkoffer. Woher wusste er das? Wie in Trance ging er zurück. „Nehmen Sie Platz."

Lucien de Natas wies auf den Stuhl vor seinem Schreibtisch.

„Wie…woher wissen Sie von dieser Mappe?" Michael fand seine Stimme wieder.

Lucien schlug sein Exemplar auf und blätterte darin. Michael spürte plötzlich eine Eiseskälte. Das Licht im Zimmer schien dunkler zu werden. „Ich hatte dir doch gesagt, dass wir uns in einigen Tagen treffen werden." Diese Stimme! Rauh, kehlig und tief! Genau wie im Auto! De Natas war zum vertraulichen Du übergegangen.

„Hast du es dir überlegt? Mit mir an deiner Seite wirst du unschlagbar und was ist dagegen schon das bisschen Seele? Du glaubst doch hoffentlich nicht an diesen Quatsch mit Wiedergeburt oder Auferstehung? Denn das", er lachte freudlos, „ist dann nicht mehr möglich."

Der Mann ihm gegenüber war also der geheimnisvolle Fremde aus dem Auto. Fast hätte Michael gelacht. Er merkte wie langsam sein altes Selbstbewusstsein die Oberhand gewann.

„Um ehrlich zu sein, ich habe den Vertrag noch nicht einmal gelesen. Ich überschreibe Ihnen also meine…Seele? Und das ist alles? Kein Schuldschein, keine anderen Handlangerarbeiten?"

„Handlangerarbeiten, wie du es nennst, werden sich automatisch ergeben. Die brauche ich von dir nicht einzufordern, die machst du freiwillig. Deine Unterschrift für deine Seele. Du bist deine 200.000 Euro Schulden los und ich will lediglich eine Kleinigkeit, die deiner zukünftigen Frau gehört. Nicht mehr und nicht weniger."

„Aber was ist, wenn sie nicht mehr will? Ich habe alles versucht, aber sie widersetzt sich."

„Dann streng dich an. Dein kleines kriminelles Gehirn wird doch einen Plan B haben!"

„Ich werde es versuchen!"

Lucien de Natas hatte die Arme aufgestützt und die Hände wie ein Dach vor seinem Mund gefaltet. Er beobachtete die Reaktion Michaels durch seine halbgeschlossenen Augen. Als dieser hastig zum Kugelschreiber griff und unterschrieb, konnte er ein verächtliches Lächeln nicht unterdrücken. Mit Schwung zog er die Mappe zu sich herüber, warf einen prüfenden Blick darauf, zeichnete gegen und reichte Michael die Hand. „Gratuliere! Willkommen im Land des alles Machbaren!" Der Raum erschien wieder heller und wärmer. Auch die Stimme war wieder die bekannte de Natas'.

„Wie… wie haben Sie das gemacht?" stotterte Michael.
„Alles Illusion, mein Sohn. Alles Illusion. Der Mensch sieht nur das, was er sehen will. Es ist so leicht euch zu verwirren. Aber, es war eine gute Wahl, Michael. In ein paar Wochen sind Sie verheiratet. Und jetzt schicken Sie mir bitte Joanna hierher."

Michael verließ das Büro mit dem Gefühl einen Etappensieg errungen zu haben. Es war ein gutes Gefühl.

,

Joanna brachte die Sendung mehr recht als schlecht hinter sich, vergaß aber wenigstens nicht Tilda Larson im Krankenhaus zu grüßen und ihr gute Besserung zu wünschen. Hoffentlich kam sie bald wieder. Sie hätte nicht gedacht wie schnell ihre anfängliche Begeisterung umgeschlagen war. Die Themen waren zum Teil aber auch wirklich öde.

Mit Kopfschmerzen und einem Gefühl nicht besonders gut gewesen zu sein, schlich sie in die Garderobe. Der Raum war erfüllt mit warmem Licht. Ray! „Ray, bist du hier?" Der Drehstuhl schwang herum. Ein blasser, aber lächelnder Ray schaute sie an. Joanna warf die Moderationskarten zu Boden und lief mit ausgestreckten Armen auf ihn zu. Ihr Herz hämmerte und ihre Kehle wurde eng. Sie griff nach seinen Händen und er ließ es geschehen. Tränen schossen ihr in die Augen. „Ich habe dich so vermisst!"
„Nicht weinen!" Er wischte sanft ihre Tränen fort. „Wenn du lachst bist du viel hübscher." Er stand auf und schlang seine Arme um sie. Und wieder trat die-

ses unendliche Wohlgefühl ein. Geborgenheit, Ruhe, ein Bad im Licht.

Die Tür wurde aufgerissen. Michael stürmte herein. „Joanna... Joanna? Geht es dir gut?" Erst da wurde ihr klar, dass sie wohl in einer recht seltsam anmutenden Haltung mitten im Raum stand, denn Ray war für ihn nicht sichtbar. Sie blickte zu Ray auf und er lächelte warm. „Doch...doch natürlich. Was gibt's denn?"

„Du sollst...du möchtest bitte zu de Natas kommen." O wei, jetzt gab es bestimmt eins aufs Dach!

Sie sammelte die Karten auf. „Sag ihm, ich komm gleich. Was ist? Beweg dich!" zischte sie Michael an. Widerstrebend verließ er den Raum. „Du lernst schnell", sagte Ray, „wie eine richtige Fernsehzicke!"

„Ray, du musst doch am besten wissen, was für ein Mensch Michael ist. Er verbreitet hier im Sender das Märchen, wir würden heiraten!"

„Das hat ja auch vor ein paar Tagen noch gestimmt. Er will sich halt nicht damit abfinden und erwartet eine zweite Chance."

Ungläubig starrte sie ihn an. „Du willst doch damit nicht sagen, ich sollte vergeben und vergessen und ihn wirklich heiraten?" Ray zuckte leicht mit den Schultern und lächelte. Bedurfte es noch einer deutlicheren Abfuhr? Ray schien wirklich geschlechtslos zu sein, wie er behauptete und seine Gefühle hatte sie sich nur eingebildet. Da war wohl der Wunsch der Vater des Gedankens gewesen. Enttäuscht drehte sie sich um. „Bitte lass mich einfach mal eine Weile allein, ich brauche das jetzt. Ich werde dich wieder rufen." Mit einem Schluchzer in der Kehle wandte sie sich ab. Hätte sie sich doch nur einmal kurz umgeschaut, dann wäre ihr der todtraurige Ausdruck in Rays Augen nicht entgangen.

23

Lucien de Natas stand im Vorzimmer und unterhielt sich angeregt mit Karen Keller. Joanna spürte einen leichten Stich der Eifersucht. Karen Keller mit ihrer Topfigur und ihrem makellosen Teint! Sie gurrte etwas in seine Richtung und legte vertraulich ihre Hand auf seinen Arm. Zicke!

„Ah, Frau Langveld!" Seine volle Aufmerksamkeit war nun ihr gewidmet.

„Kommen Sie in mein Büro". Er öffnete die Tür und beim Hineingehen legte er vertraulich den Arm um Joannas Schultern. Aus den Augenwinkeln sah sie das verkniffene Gesicht der Keller und hätte ihr am liebsten in Teenie-Manier die Zunge rausgestreckt.

„Also, ihre Sendung gerade haben sie ja ziemlich gelangweilt runtergespult, ich bitte das nächste Mal um ein bisschen mehr Enthusiasmus!" Joanna schluckte.

„Keine Sorge, außer mir hat das kaum einer gemerkt. Aber auch kleine Aufgaben sollten sie so professionell wie möglich erledigen. Nun aber zu Happy Hour. Herr Winter hat ihnen sicherlich bereits gesagt, dass wir sehr wahrscheinlich George Clooney zum Auftakt erwarten können. Recherchieren sie bitte gründlich, überlegen sie sich wie der Teaser, also die Ankündigung, aussehen soll und zwar sowohl in der Tageszeitung, als auch im TV. Legen sie die Auswahlkriterien für den Fan fest, dann muss ein Team zu dem Ausgewählten raus und eine kleine Story filmen und außerdem müssen wir mit Ihnen noch den ultimativen Trailer drehen, der das Ganze ankündigt." Ihr schwirrte der Kopf. So viel? Lucien blickte sie abwartend an. „Sie haben ein ausgezeichnetes Team, Sie müssen nicht alles alleine machen!" Joanna nickte. „Alles klar, das kriegen wir hin." „Na, dann frisch ans Werk!"

Sie stand auf und hatte bereits die Tür erreicht, da sagte er: „Ach, Joanna? Ich glaube wir sollten ab sofort mit dem steifen Frau Langveld aufhören." Das klang nicht wie ein Wunsch, sondern wie ein Befehl. Wiederum nickte sie. „...und nimm das bitte mit, ich habe dafür keine Verwendung." Mit diesen Worten drückte er ihr den vermissten BH in die Hand. Am liebsten wäre sie vor Scham im Erdboden versunken. Aber Lucien legte nur den Kopf in den Nacken und lachte schallend. Dann fasste er mit der Hand unter ihr Kinn und hob sanft ihr Gesicht an.

„Du genierst dich ja wie ein kleines Mädchen!" Mit der anderen Hand umfasste er ihre Taille und zog sie zu sich heran. Ihr Körper reagierte augenblicklich auf seine Berührung, aber nein sie wollte das nicht! Joanna versuchte sich seinem Griff zu entwinden, was zur Folge hatte, das er sie noch fester heranzog. Sie spürte seine Lippen und seine Zunge an ihrem Ohr, sein hartes Glied in ihrer Leistengegend. Irgendwo hatte sie mal gelesen, dass der Protagonistin die Sinne schwanden, so fühlte sich das also an!

„Nein", sagte sie laut, „nein, Lucien, lass das !" Sie schob seine Hand, die mittlerweile ihre Brust erreicht hatte, mit aller Kraft fort und tauchte unter der sabbernden Zunge weg. Der überraschte Ausdruck in seinen Augen, machte ihr Mut. Sie versuchte mit einem ernsten Unterton zu scherzen. „Das nennt man sexuelle Nötigung am Arbeitsplatz! Lucien bitte nicht hier und bitte auch nicht ohne meine Einwilligung!" Er hatte sich erstaunlich schnell wieder in der Gewalt.

„Ich hatte nicht den Eindruck, dass es dir unangenehm war! Aber, in Ordnung, ich sagte dir bereits gestern, dass ich mir nichts nehme, was du nicht freiwillig gibst. Und nun ab an die Arbeit!" Er drehte sich auf dem Absatz herum und griff zum Telefon. Ganz der Chef winkte er ihr zum Abschied gütig zu und widmete sich seinem Gespräch.

Vollends verwirrt stand Joanna im Vorzimmer.

„Was hast du denn da in der Hand?"

Michaels Stimme scheuchte sie aus ihren Gedanken.

„Zeig mal her!"

Ehe sie es verhindern konnte, riss er ihr den BH aus der Hand und hielt ihn hoch.

„Nein, was ist das...?"

„Sieht aus wie ein Büstenhalter!" Die hämische Stimme gehörte Karen Keller. Blitzschnell griff Joanna nach dem Teil und wie von einer Zwille geschossen, sauste er durch den Raum und landete auf der Tastatur von Frau Kornmeier, der Sekretärin. Mit spitzen Fingern hob diese den BH an seinem Verschluss in die Höhe und reichte ihn der Besitzerin. Joanna warf Michael einen bösen Blick zu, packte das Corpus Delicti und ging erhobenen Hauptes aus dem Raum. Hinter ihr hörte sie Karen Keller sagen: „Ich hab doch gleich gewusst, dass die keine Karriere auf normalem Weg macht!"

Innerlich kochte sie vor Wut.

Gerade ich, die sich niemals hochschlafen würde!
Diese Kuh wird jetzt überall rumerzählen, ich triebe es mit Lucien de Natas! Michael, dieser Idiot!

Sie trat im Vorbeigehen nach einem Standascher. Es schepperte, er wackelte bedrohlich, blieb aber stehen.

Joanna verschwand in der nächsten Toilette und zog das Teil wieder an.

Als sie in ihrem Büro auftauchte, fuhren Nicoletta, Kerstin und Anja auseinander. Ihr blieb nur die Flucht nach vorne.

„Ja, es war mein BH, nein, ich habe ihn nicht in seinem Büro ausgezogen, ja, es handelt sich um einen miesen Streich und können wir jetzt bitte anfangen?"
Sie spürte die Blicke der drei, aber auch deren Erleichterung, dass das Thema vom Tisch war. Joanna ging mit ihnen den Programmplan durch. Nach anfänglichem Schweigen und tiefsinnigem Grübeln begannen die Ideen zu sprudeln.

Die Nachmittagssonne schien schon schräg ins Fenster, als sie alle Vorschläge einsammelte. Vier Stunden hatten sie ohne Unterbrechung gearbeitet. „Schluss für heute!" Joanna reckte sich.

„Anja, du übernimmst bitte die Auswahl der Fans, sagen wir mal, so fünf, sechs Stück. Ich schau sie mir dann an und wähl den Richtigen aus, Kerstin du suchst mir bitte alles Wissenswerte über den Clooney raus, wir sehen uns dann morgen Punkt neun!"

Manchmal konnte sie es nicht fassen, dass sie, Joanna es war, die dort sprach. Wie eine echte Chefin! Sie trat ans Fenster und blickte auf die Straße. Hier aus dem siebten Stock wirkten die Menschen und Autos so klein und harmlos, aber wenn man genau hinsah konnte man selbst von hier oben, die Rücksichtslosen und Genervten, die Gewinner und Verlierer erkennen. Was geschah mit ihr? Sie legte die Stirn an die Fensterscheibe. War es wirklich erst achtundvierzig Stunden her, seit ihr Leben sich so grundlegend verändert hatte? In dieser kurzen Zeit war mehr passiert, als in den letzten achtundzwanzig Jahren. Sie hatte eine eigene Fernsehsendung, na ja eigentlich momentan zwei, hatte ein eigenes Team, ein eigenes Büro, selbst Neider gab es schon. Männer begannen mit ihr zu flirten, die vor zwei Tagen keinerlei Notiz von ihr genommen hätten. Männer. Ray! Mit ihm hatte alles begonnen, nichts war mehr so, wie es mal war. Warum musste er auch ein Engel sein! Da fand man seinen Traummann, konnte ihn umarmen, mit ihm reden und lachen, aber sie konnte ihn nicht küssen, nicht mit ihm schlafen, Zärtlichkeiten austauschen und vor allen Dingen nie in die Zukunft planen. Was sollte dies alles hier werden? Eine Karrierefrau mit dem einen oder anderen Lover? Sie sah sich schon in ihrer Designerwohnung in Designerklamotten auf Designermöbeln sitzen, Champagner schlürfen, mit einem Brillantring spielen und auf das bestellte Sushi warten. Wollte sie das wirklich? Andererseits, war es so erstrebenswert zu heiraten? Michael fiel ihr wieder ein. Nein, nein er war wahrhaftig nicht der Richtige. Und Lucien? Auch er nicht. Er war kein Mann zum Heiraten. Er war der geborene Verführer. Heute sie, morgen eine andere. „Tja, mein Mr. Right hat unsichtbare Flügel und noch ein paar andere unsichtbare Teile," dachte sie. Sie hätte heulen mögen. Da stand sie hier, war dabei DIE Karriere zu machen und trotzdem todunglücklich. Aufseufzend sammelte Joanna die Notizen zusammen und machte sich auf den Heimweg.

24

Müde stieg sie die Treppen zur Wohnung hoch. Warum war sie eigentlich nicht glücklich? Sie hätte doch jubeln können, aber nein sie musste sich natürlich wieder verlieben! Und dann auch noch in einen unerreichbaren Engel! Sie hatte noch nicht einmal eine Freundin mit der sie diesen Kummer teilen konnte. Joanna wühlte in ihrer Handtasche nach dem Schlüssel. Beim Öffnen der Tür sah sie den Brief. Sie bückte sich danach. Das war Michaels Handschrift. Noch im Gehen riss sie den Umschlag auf.

Liebste Joanna, stand da, ich weiß, ich habe dich sehr verletzt und es tut mir unendlich leid. Ich möchte mich bei dir entschuldigen, bitte ruf mich auf dem Handy an.

Ich liebe dich, Michael

P.S. Selbstverständlich kannst du in der Wohnung bleiben, ich ziehe derweil in ein Hotel. Ich möchte nur gerne meine privaten Sachen abholen.

Puh! Joanna fiel ein Stein vom Herzen. Sie brauchte sich keine Sorgen mehr zu machen, wohin sie so schnell gehen sollte. Denn das neue Gehalt floss ja erst im nächsten Monat und so ganz ohne Geld... Sie kickte die Schuhe durch die Diele und schlich müde in die Küche.

Im Kühlschrank lagen noch die Lebensmittel von vorgestern. Die, die sie für eine Mahlzeit zu zweit eingekauft hatte. Das war hundert Jahre her, angeschrumpelte Relikte aus einer anderen Epoche. Sie schüttelte den Kopf und warf die Tür zu. Sie wollte nichts essen. Sie wollte leiden! Jawohl, Selbstmitleid! Sie wollte darin baden! Und was gehörte dazu? Natürlich eine Flasche Rotwein, ein Zigarillo und Songs von Liebesschmerz und Liebesleid. So bestückt ließ sie sich auf dem Sofa nieder. Nach dem zweiten Glas Rotwein liefen dann zu den Klängen von „Mr. Lonely" die Tränen. Zwischenzeitlich war es stockdunkel geworden und Joanna zündete eine Kerze an. Sie starrte in die

Flamme. Warum konnte sie nicht so leichtlebig sein wie ihre Freundin Regina. Besser gesagt, ihre ehemalige Freundin Regina! Dann hätte sie Michaels Betrug leichter weggesteckt, würde sich über ihren Engel Ray freuen und hätte längst mit Lucien geschlafen. Der Gedanke an Lucien machte sie nachdenklich. Warum schlug ihr Herz nicht schneller bei seinem Anblick, dabei sah er doch so toll aus! Höchstens die Hormone spielten verrückt! Sollte sie zurück zu Michael? Er hatte sich entschuldigt ... Sie wusste die Antwort. Sie war: Nein. Der Versuch die CD zu wechseln, scheiterte kläglich. Das Zimmer drehte sich, die beiden Kerzen auf dem Tisch flackerten. Zwei Kerzen? Sie tastete sich vorsichtig zum Sofa zurück und ließ sich der Länge nach draufplumpsen. Die leere Flasche rollte über den Teppich. Nichts gegessen, gestern bereits ins Koma gesoffen und heute wieder. Kein Wunder, dass der Wein Joanna umhaute. Sah so vielleicht ihre Zukunft aus? Arbeiten und abends alleine saufen? Irgendwann schlief sie ein.

Der Wind, der über die Klippen wehte, war eisig. Die Frau fror und kreuzte ihre Arme über der Brust. Aber nicht nur der Wind machte sie frösteln. Die schwarze Gestalt, nur zwei Armlängen entfernt von ihr, ließ sie den Atem anhalten. Etwas Bedrohliches ging von diesem Menschen aus. Sein pechschwarzes langes Haar und die glühenden Augen machten ihr Angst. Er streckte fordernd die Hände nach ihr aus, „Gib ihn mir, gib ihn mir", knurrte er. Sie glaubte, seinen heißen Atem zu spüren. Plötzlich waren da zwei andere Gestalten, drängten sich zwischen die beiden. Ein wildes Gerangel begann. Die Frau verlor den Halt, stolperte und rutschte über Klippenrand. Sechs Hände versuchten nach ihr zu greifen. Vergeblich, sie stürzte ins Bodenlose und nun sah sie einen rotgoldenen Stein, der ihren Händen entglitten war, über sich. Er prallte von der Felswand ab und tauchte zur gleichen Zeit wie sie ins eisige Meer.

Joanna fuhr hoch, schnappte nach Luft und schrie.

Ray hielt sie umschlungen und wiegte sie beruhigend, wie eine Mutter ihr Kind, strich ihr übers Haar.

„Es war doch nur ein Traum, nur ein Traum..."

Ihr Mund war trocken, ihr Herz hämmerte, ihr Körper schweißnass.

„Schschsch, ich habe dich doch herausgeholt, ganz ruhig." Sein Gesicht war ganz nah an ihrem. Seine Lippen berührten versehentlich ihre Schläfe. Eine Berührung, nur ein Hauch, aber sie löste kleine Explosionen aus. Ihr eben noch stolperndes Herz, wurde ganz weit. Sie blickte ihm in die Augen. Im Schein der langsam sterbenden Kerze waren sie groß und dunkel. Unendliche Zärtlichkeit lag in diesen Augen. „Ray, oh mein Ray", flüsterte ich, und umschloss sein Gesicht mit beiden Händen. Er löste er sich behutsam von ihr. „Komm, du gehörst ins Bett. Ich werde heute Nacht bei dir wachen." Der Zauber war vorbei. Müde und durcheinander stolperte sie ins Schlafzimmer. Tränen liefen über ihre Wangen, sie warf sich aufs

Bett. Benommen spürte sie wie sie jemand sachte zu-
deckte.

*

Irgendwo klingelte das Telefon. Joanna öffnete müh-
sam die Augen.

Sonntag! Heute war doch Sonntag, sie hatte keinen
Dienst.

Vorsichtig schob sie sich über die Bettkante. In ihrem
Schädel machten lauter kleine Presslufthämmer
Überstunden. Wie viel Rotwein hatte sie getrunken?
Das musste aufhören. Bereits der zweite Absturz in
dieser Woche. Der Anrufbeantworter hatte sich einge-
schaltet.

„Hallo, hier ist Mutti. Ich habe ja gedacht, du rufst uns
mal an, aber wir können in der Zwischenzeit ja sterben, dann würdest du es aus der Zeitung erfahren.
Ruf mal bitte zurück, wir haben noch viel zu besprechen!" Ihre Mutter hatte reichlich verschnupft geklun-
gen. Ach, du liebe Güte, die Hochzeit! Sie hatte ihren
Eltern ja noch gar nichts erzählt. Die saßen wahrscheinlich schon mit der halben Nachbarschaft zu-

sammen und bastelten die Tischdekoration. Joanna wollte schon zum Hörer greifen. Nein, zuerst duschen, dann frühstücken und dann die Hiobsbotschaft verkünden. Als das warme Wasser über ihren Körper lief, kam die Erinnerung an den grässlichen Traum zurück. Sie schauderte. Es hatte sich so echt angefühlt! Fluchtartig verließ sie die Dusche, schlüpfte in ihren Bademantel und prallte an der Tür mit Ray zusammen. „Ray, du bist da, du bist da!" Joanna konnte nicht anders und schlang ihre Arme um ihn. Behutsam schob er sie von sich. „Aber natürlich bin ich da, wo sollte ich denn sein?" Verständnislos blickte er sie an. Joanna fuhr sich durchs Gesicht. „Stimmt, es war ja nur ein Traum. Aber er war so real…"

„Ich weiß und der war entsetzlich, aber nur ein Traum." Er blickte sie zärtlich an. „Und jetzt solltest du deine Eltern anrufen, du musst etwas klären."

25

Joannas Mutter strahlte, als ihre Tochter vor der Tür
stand. „Na, endlich! Komm rein, wie haben noch so
viel zu besprechen. Heute kam der Prospekt mit den
Hochzeitstorten und du musst dich noch beim Des-
sert-Buffet für eine Variante entscheiden!"
„Mama, ich muss dir was sagen". Joanna versuchte
den Redefluss ihrer Mutter zu unterbrechen. Aber Agnes Langveld plapperte ohne Punkt und Komma weiter. „Die Stuhlhussen habe ich reklamiert. Die waren
schneeweiß und nicht cremef…"
„Mama, ich muss dir etwas sagen!" Joanna packte
ihre Mutter an der Schulter. „Hör mir zu: „Es wird keine Hochzeit geben!"
Agnes Langveld starrte ihre Tochter verständnislos
an. „Keine Hochzeit…Wie meinst du das?"
„Wie ich es gesagt habe, die Hochzeit fällt aus, ich
werde Michael nicht heiraten!"

„Das…das kannst du nicht machen, es ist alles bestellt, und was sollen denn die Nachbarn denken?"
Die Mutter sank aufs Sofa.

„Was ist denn passiert? Habt ihr euch zerstritten…oder, oder ist Michael verunglückt?"

„Nein, wir haben uns getrennt, weil…weil ich ihn mit Regina im Bett erwischt habe…und er hat mich körperlich bedroht!"

Agnes Langveld machte ein erschrockenes Gesicht.

„Oh, Kindchen, das ist ja furchtbar! Aber, glaubst du nicht ihr könntet wieder zusammenfinden? Der Ausrutscher mit Regina, das…das passiert halt, vielleicht Panik vor der Hochzeit?"

„Nein, die Geschichte ging schon länger und es ist endgültig aus."

„Da ist ja unser Bräutchen!" Johannes Langveld kam mit ausgebreiteten Armen auf Joanna zu.

„Es gibt keine Hochzeit, Johannes!" Agnes erhob sich und strich aufseufzend ihren Rock glatt.

Joanna nickte: „Ja, Papa, es gibt keine Hochzeit."

„Erzähl, was ist passiert?"

Joanna wiederholte alles „…dann hat er auch noch etwas von einem Vermögen gefaselt und das er ein Recht darauf hätte, weil er so viel für mich getan hat", schloss sie. Agnes warf Johannes einen vielsagenden Blick zu. Joanna entging es nicht. „Ihr verschweigt mir doch etwas, los sagt mir was es ist!"

Agnes legte ihre Hände auf Johannes Arm.

„Sag es ihr! Jetzt! Sie heiratet doch bald, da hätten wir es sowieso sagen müssen."

Der Vater atmete tief durch. „Du hast Recht. Komm Joanna, setz dich, das ist ein lange Geschichte."

Er knetete seine Hände und rang sichtlich nach den richtigen Worten.

„Also, du…du bist nicht unser leibliches Kind."

„Was?", stieß Joanna hervor. „Wie das? Bin ich adoptiert?"

„Nein", der Vater schüttelte den Kopf.

„Aber ich trage den gleichen Namen!"

„Ja. Du bist das Kind meiner Schwester Gisela. Sie war nicht verheiratet. Als du zwei Jahre alt warst, ist sie tödlich verunglückt. Wir haben dich aufgenommen."

Joanna spürte, wie ihr Mund austrocknete. All die Jahre, all die Jahre hatte sie geglaubt, Agnes und Johannes wären ihre Eltern.

„Und…wer ist mein Vater?" Ihre Stimme schien zu versagen.

Agnes griff nach ihrer Hand. „Mein Liebes, dein Vater ist vor zwei Jahren gestorben."

„Wie bitte? Und das sagt ihr mir so nebenbei. Ich hätte die Chance gehabt ihn kennenzulernen Warum habt ihr es mir nicht schon früher gesagt? Leute ich bin 28. Meint ihr nicht es wäre längst an der Zeit gewesen?" Agnes Augen füllten sich mit Tränen. „Ich weiß, Liebes. Wir wollten es immer wieder sagen, aber deiner Mutter haben wir versprochen, falls ihr etwas passiert, dir niemals den Namen deines Vaters zu verraten."

„Woher wisst ihr dann, dass er gestorben ist?"

Agnes warf Johannes einen Blick zu. Joanna sah ihm an wie unwohl er sich fühlte, als er antwortete: „Er hat dir jede Woche geschrieben!"

„Waas? Ich glaub das nicht." Joanna war sprachlos.

„Und wo sind die Briefe jetzt?"

„Auf dem Dachboden", flüsterte Agnes mit gesenktem Kopf.

„Ich will sie sehen!"

Johannes erhob sich schwerfällig. „Ich hol sie."

Schweigend saßen sich Joanna und Agnes gegenüber. Agnes hob den Kopf, sie hatte Tränen in den Augen. „Kind, glaube mir, wir wollten dir nie etwas Böses, wir haben es nur gut gemeint."

Ein Gefühlschaos tobte in Joanna, ließ sie nicht antworten. „Kannst du mir mal sagen, wie es Michael geschafft hat, das Aufgebot zu bestellen?"

„Er hatte deine Geburtsurkunde, er hat sie von mir bekommen." Agnes Gesichtsausdruck war schuldbewusst.

„Also, Michael weiß, dass ihr nicht meine Eltern seid?
Na toll, wann wolltet ihr mir denn sagen, dass ich
ein…ein uneheliches Kind bin? Und weshalb hat Michael irgendetwas von Vermögen gefaselt?"

„Ich habe ihm das mit den Briefen erzählt, er hat sie
gesehen."

„Er hat sie gesehen, vielleicht auch gelesen? Und mir
wurde das vorenthalten?" Wut und Trauer quollen in
Joanna hoch.

„Ich habe es doch nur gut gemeint, ich wollte ihm
doch nur zeigen, wer dein Vater war und aus welch
gutem Hause er kam", jammerte Agnes. Das war also
wichtig, das Ansehen, der schöne Schein. Nun verstand sie auch das immer etwas unterkühlte Verhalten
von Agnes, die Bevorzugung ihres Bruders, der eigentlich ihr Cousin war. „Das erklärt aber immer noch
nicht, was es mit einem angeblichen Vermögen auf
sich hat."

„Nach dem Tod deines Vaters erhielt Johannes Post von einem Notar. Dein Vater war in seiner Ehe kinderlos, er ist geschieden und du bist seine Alleinerbin."

„Und was habe ich geerbt? Lass dir doch nicht alles aus der Nase ziehen!" „Den genauen Umfang weiß ich nicht, das wird dir nach der Eheschließung mitgeteilt oder nach Vollendung des achtundzwanzigsten Lebensjahrs, das sind…waren seine Bedingungen. Aber er war ein bekannter und wohlhabender Diamantenhändler. Mehr weiß ich auch nicht."

„Wie heißt denn mein Vater?" Joannas Stimme klang brüchig.

„Ferdinand de Besancourt."

„Ferdinand de Besancourt." Leise wiederholte sie den Namen. Johannes erschien im Türrahmen mit einem großen Karton. Ächzend setzte er ihn ab. Ungläubig starrte sie auf die Unmengen von Briefen. Joanna griff den obersten heraus. Sie schob den Fingernagel ihres Daumens unter den Klebefalz und riss ihn auf. *Meine geliebte Tochter,* stand da, dies ist vielleicht einer meiner letzten Briefe an Dich. Denn meine Krankheit ist schon weit fortgeschritten. Ich weiß genau, dass du diese Briefe erst nach meinem Tode lesen wirst. Ich weiß, dass Dir diese Zeilen bewusst vorenthalten werden, aber ich habe den Wunsch Deiner Mutter respektiert. Ich hoffe, es geht Dir gut. Vom Fenster meines Zimmers kann ich in den Garten sehen, der heute Morgen mit Raureif überzogen ist. Der Winter ist nah. Ahmad, mein Butler, eine treue Seele, versorgt mich gerade mit meinem Lieblingstee, einem feinen Darjeeling.

Mein geliebtes Kind, wie gerne hätte ich Dich aufwachsen gesehen. Heute am Ende meines Lebens bereue ich es, mich nicht gegen Deine Mutter, die ich aufrichtig geliebt habe, durchgesetzt zu haben. Aber weshalb das so war, das weißt Du ja sicherlich aus meinen vergangenen Briefen. Ich erwarte heute meinen Notar Monsieur Lambert, um mein endgültiges Testament aufzusetzen. Ich weiß, Geld ist nicht alles, *aber vielleicht macht es ein wenig gut, was wir, Deine Mutter und ich, Dir angetan haben.*

Ich hoffe, dass ich noch in der Lage bin, Dir einen weiteren Brief zu schreiben.

In Liebe

Dein Vater

Die letzten Zeilen verschwammen vor Joannas Augen. Eine unendliche Traurigkeit erfüllte sie und grenzenloses Mitleid. Für ihren Vater, der ihr jeden Monat einen Brief geschrieben hatte, der bis zu seinem Tode gehofft hatte von ihr zu hören. Sie betrachtete die Kiste, die mindestens über tausend Briefe enthalten musste. „Warum hat er nie versucht, mit mir in Kontakt zu treten, als ich mündig war? Ich versteh das nicht."

Agnes legte mitfühlend ihre Hand auf Joannas Arm. „Er hat es versucht, du hast zwar hier nicht mehr gewohnt, warst aber auch nirgendwo anders gemeldet. Du hast damals mit Horst zusammengewohnt und dann mit Michael. Deshalb konnte er dich nicht finden."

„Und ihr habt dem armen Mann natürlich nichts ge-sagt, habt dicht gehalten." Bitterkeit stieg in ihr hoch. „Habt ihr nur einmal daran gedacht, was ihr ihm und mir angetan habt? Wie wäre es euch gegangen, wenn euch das gleiche mit eurem Sohn Rolf passiert wäre? Informiert die Gäste, dass die Hochzeit nicht stattfin-det und ich werde jetzt mit den Briefen meines Vaters nach Hause fahren."

Johannes Langveld streckte hilflos die Arme nach ihr aus, ließ sie aber wieder sinken. Joanna wuchtete den Karton hoch, wies Johannes mit einem Knurrlaut zu-rück und balancierte das sperrige Gut hinaus. Müh-sam verstaute sie das schriftliche Vermächtnis ihres Vaters im Auto.

Ray wartete bereits auf sie und bugsierte die Fracht mühelos in die Wohnung. „Schau dir das an Ray. Briefe über Briefe. Von meinem Vater." „Deinem Va-ter?"

„Ja, Johannes Langveld ist es nicht, er ist mein Onkel. Mein Vater heißt Ferdinand de Besancourt." Ungläubig starrte Ray sie an. „Besancourt? Das kann alles kein Zufall sein!"

„Was?"

„Das Gemälde," er wies auf die Wand, „ das Haus darauf, das ist die Villa Besancourt und dort hatte ich den Konflikt mit Luzifer. Edouard de Besancourt und die schöne unglückliche Victoria! Und du bist die Ururururenkelin der beiden!" Aufgeregt lief er hin und her. „Lass uns die Briefe lesen, ich habe da eine Vermutung und will wissen, ob die stimmt!"

26

Michael Winter saß auf dem Balkon seines Freundes Jean-Pierre und war froh, dass er allein war. Fassungslos starrte er auf einen für ungültig erklärten Schuldschein. 200.000 Euro, einfach so bezahlt! Er konnte sein Glück gar nicht fassen. De Natas hatte Wort gehalten. Nie mehr die eiskalte Stimme am Telefon hören, er konnte durchatmen. Quer über das Ungültig-Zeichen, hat jemand geschrieben: Jetzt bist DU dran… Nun musste er sich Gedanken machen, wie er Joanna doch noch zur Heirat bewegen konnte. Joanna! Ob er wollte oder nicht, ein Teil von ihm vermisste sie wirklich. Ihre aufrichtige fröhliche Art, ihre natürliche Schönheit und ihre Fürsorglichkeit . Ja, wisperte der dunkle Teil und ihr Vermögen, ihre Gutgläubigkeit und ihre neue Prominenz. Er griff zum Telefon. Nach mehrmaligem Läuten nahm Joanna ab. „Hallo?"

„Ich bin's, Michael. Wir müssen reden, Joanna. Es gibt einiges zu klären. Bitte, leg jetzt nicht auf, gib mir die Chance." Eine lange Pause am anderen Ende. „Morgen, Michael, morgen. Nach dem Pausenknaller." Sie hatte aufgehängt, ohne seine Antwort abzuwarten.

*

Joanna wünschte den Tag herbei, wenn Tilda Larson wieder den Pausenknaller übernahm. Das Projekt Happy Hour war sehr arbeitsintensiv. Heute sollte der Trailer gedreht werden und außerdem war da noch das Gespräch mit Michael. Oh, ja, sie hatte auch etwas mit ihm zu besprechen. Es klopfte. „Ja?" Michael steckte den Kopf durch den Türspalt. „Passt es dir gerade?"
Joanna nickte. „Möchtest du auch einen Kaffee?"

Michael lehnte ab und setzte ich ungefragt auf einen Stuhl. „Jo, bitte hör mir mal zu. Nein, unterbrich mich nicht", sagte er, als er sah, dass sie Einwände erheben wollte. „Ich habe nachgedacht. Du hattest Recht. Ich war ein Schwein. Das hast du alles nicht verdient. Die Sache mit Regina ist beendet. Wirklich. Ich vermisse dich und das ist mein voller Ernst. Ich weiß auch nicht, was in mich gefahren ist, ich möchte dich um Verzeihung bitten, gib mir doch bitte eine zweite Chance!"

„Und dem kleinen Vermögen?" Michael schaute irritiert.

„Ich helfe dir auf die Sprünge: Ferdinand de Besancourt, mein Vater!?"

„Du weißt es also jetzt endlich?"

„Ja, und ich weiß nicht, was ihr, meine…meine Mutter und du, euch dabei gedacht habt? Du glaubst doch nicht wirklich, dass ich dein Liebesgesülze glaube. Dir ging es doch nur ums Geld, wofür auch immer!"

Michael atmete tief durch. „Du hast die Wahrheit verdient. Ich fand und finde dich immer noch höchst attraktiv und eine Ehe mit dir hätte ich auch ohne Geld geschlossen. Aber ich habe mich verspekuliert. Ich habe Anteile an einer Diamantenmine gekauft. Dafür habe ich mir Geld geliehen. Das Projekt ist aber gescheitert, weil ich einem Betrüger aufgesessen bin und der Kreditgeber hat mich bedroht, wenn ich das Geld nicht zurückzahle."

„Und nun? Muss ich jetzt einen Kranz bestellen? Du siehst noch sehr lebendig aus!"

„Nein, de Natas hat mir die Summe…geliehen. Ich bin außer Gefahr."

„De Natas? Und was musst du nun im Gegenzug tun?"

Michael setzte eine unschuldige Mine auf. „Nichts, meine Arbeit machen!"

„Jetzt komm mal zum Punkt, Michael. Was willst du von mir?"

„Dich immer noch heiraten!"

Joanna starrte ihn ungläubig an. „Ich habe alles ab-
geblasen!"

„Das ist egal, lass uns einen neuen Termin machen,
bitte!" Flehend schaute er sie an und versuchte ihre
Hand zu fassen.

Joanna zuckte zurück. „Hörst du mir nicht zu? Ich habe nein gesagt. Wir beide haben keine Zukunft. Das
einzige was ich dir noch anbieten kann, ist meine
Freundschaft. Und auch die erst nach einer Weile,
denn was du da abgezogen hast, muss ich erst ver-
dauen."

„Keine Heirat? Gar nicht?"

„Keine Heirat!"

„Schade, aber denk daran, es tut mir wirklich leid und
ich möchte dich immer noch heiraten" Er erhob sich.
„Also bis nachher zum Meeting". Mit hängendem Kopf
verließ er das Büro.

*

Die Trailer Aufzeichnung zog sich hin wie Kaugummi.
Joanna im roten Outfit, im gelben, im grünen usw.
Völlig erschossen hing sie auf dem Sessel in der
Maske. Kai puderte sie noch einmal ab, besserte das
Augen Make-up und die Lippen nach.

„Du hast es gleich geschafft. Du siehst großartig aus!"
Lucien die Natas war hinter sie getreten. Kai verschluckte sich fast vor Schreck.

„Frau Fischer lassen Sie uns doch einen Moment allein." Kai nickte und verließ hastig den Raum. „Nun,
meine Schöne? Wie ich hörte hast du die Hochzeit
platzen lassen?"

„ Ach Michael war schon bei dir? Ja, ich lass mich
doch nicht betrügen, das hätte er sich eher überlegen
sollen. Aber, gibt etwas Besonderes oder weshalb
beehrst du mich?"

„Ich beehre dich immer gerne…" Er warf ihr einen
heißen Blick zu. Joanna kramte nervös auf dem Toilettentisch herum.

„Michael ist kein schlechter Kerl, er ist intelligent, sieht gut aus und ich halte ihn für begabt. Er wird eine große Karriere machen. Überleg es dir doch noch einmal!"

„Sagt mal, ticken hier alle nicht mehr richtig? Welchen Teil des Satzes: Ich heirate ihn nicht, habt ihr nicht verstanden? Zu einer Ehe gehören Vertrauen, Liebe, Treue…und all das kann er mir nicht bieten."

Lucien machte ein nachdenkliches Gesicht. „Aber bleibt doch zumindest Freunde, da ihr zusammen arbeiten müsst, wäre das einfacher. Außerdem brauchst du sicherlich jemanden, der perfekt französisch spricht, wenn du zum Nachlassverwalter deines Vaters gehst."

Joanna fuhr herum. „Woher weißt du das?"

„Ich habe überall meine kleinen Vögelchen, die mir etwas zuflüstern. Wann wirst du achtundzwanzig? Nächste Woche? Dann denk an meine Worte: Du erhältst dann einen Brief und du wirst nach Belgien reisen zur Testamentseröffnung…" er lächelte wissend,

„noch eine Aufzeichnung, du hast es gleich geschafft, meine Schöne." Er warf ihr ein Kusshändchen zu und verschwand durch die Tür.

Joanna war fassungslos! Was ging hier vor? Wieso wusste ein wildfremder Mann alles über ihre Herkunft, während sie bis gestern im Dunkeln tappte.

Völlig erschöpft machte sie sich nach dem Drehtag auf den Weg nach Hause. Ray hatte die Briefe ihres Vaters sortiert und saß, umgeben von vielen unterschiedlichen Brieftürmchen auf dem Teppich. „Ich habe es gewusst, ich habe es gewusst!" teilte er ihr triumphierend mit.

„Was?"

Es sind die Besancourts, die von dem Gemälde und die, wo ich versagt habe."

"Ach Ray, mir schwirrt der Kopf. Warum durfte ich meinen Vater nicht eher kennenlernen? Und welches ach-so-wichtige Erbe soll ich antreten? Was ist so wertvoll, das ich bis zum achtundzwanzigsten Lebensjahr warten musste?"

„Der Diamant", flüsterte Ray," es muss der Diamant sein, darum geht es ihm!"

„Welcher Diamant? Und wer will ihn haben?"

„Als wir über das Gemälde dort gesprochen haben," er wies mit dem Kopf auf das Bild, das das Haus der Besancourts darstellte, „ habe ich dir von einer Träne erzählt, die mitverbrannt ist, nicht wahr?" Joanna nickte. „Diese Träne ist ein Diamant und heißt Devils Tear. Du weißt, wer Luzifer ist?"

„Ja, der Teufel, Satan oder wie auch immer.."

„Luzifer war ein Engel. Er war schön, er bezauberte jeden mit seinen blonden Locken und den strahlend blauen Augen , er war einer der liebsten Engel Gottes, aber dann kam auch Gottes Sohn Jesus und nahm an dessen Seite Platz. Das machte Luzifer wütend, er hetzte die Engelscharen auf. Drei Tage kämpfte er verbissen, dann verlor er den Kampf gegen Erzengel Michael und Jesus verstieß ihn. Als Luzifer seine angestammte Heimat, den Himmel verließ, konnte er seine Tränen nicht zurückhalten. Sieben Tränen erstarrten dabei zu Stein. Seitdem ist er auf der Suche nach ihnen. Sechs hat er bereits…."

„…und die siebte ist der Diamant Devils Tear?"

Ray nickte. „Wenn er diese Träne bekommt, dann wird es diese Welt so nicht mehr geben, dann beginnt das Armageddon! Weißt du jetzt, wie wichtig es ist, dass er diesen Stein niemals erhält?"

„Und du meinst, dieser Diamant gehört zu meinem Erbe?"

„Ja, lass uns die Briefe alle durchsehen, vielleicht taucht ein Hinweis auf!"

Joanna setze sich ebenfalls auf den Boden und griff nach einem Briefstapel. Es war bereits Mitternacht, als beide den letzten Brief sinken ließen.

„Nichts, kein Hinweis. Wieso sagt er nichts über den Diamanten?" „Vielleicht hatte er Angst, dir zu sagen, mit welchem Fluch der Stein belegt ist." Ray überlegte weiter. „Ich glaube, wir haben gar keine andere Wahl, als bis zu deinem Geburtstag zu warten. Dann erfährst du, was in dem Testament steht."

„Michael hat mir heute angeboten zur Eröffnung mit-
zukommen. Er spricht sehr gut französisch."

„Ich kann dich auch begleiten."

„Das würdest du tun?" Ray nickte. Joanna konnte
nicht anders, sie fiel ihm um den Hals. „Danke, ich
dachte schon ich müsste Michael mitnehmen. Aber
sprichst du denn auch französisch?"

Ray lächelte. „Wir Engel sprechen alle Sprachen dieser Welt oder glaubst du wir müssten erst einen
Sprachkursus machen?"

27

Ray saß auf Joannas Bettkante und betrachtete die schlafende junge Frau. Noch nie in seinem Dasein hatte er ein Gefühl für einen Menschen entwickelt. Warum ausgerechnet bei ihr? Zum ersten Mal hatte er das schmerzliche Verlangen menschlich zu sein, zu fühlen, riechen, schmecken, sich mit einem Körper zu vereinigen. Jedes Mal, wenn sie ihn berührte, ihn anlachte, hatte er das Gefühl zu verbrennen, ein bis dato unbekanntes Begehren, obwohl sein Körper nicht mit den männlichen Attributen ausgestattet war. Ein irisierendes Licht vor dem Fenster erweckte seine Aufmerksamkeit. Ray stand auf und öffnete die Balkontür. Aus dem Mittelpunkt des Lichts blickte ihn ADH 31 an. „XRY 1157 ich sehe deine Mission gefährdet. Du wirst immer schwächer, deine Signale erreichen kaum noch die Zentrale. Was ist mit dir geschehen?" Ray schluckte. „Ich weiß es nicht genau, aber ich fühle mich zu ihr hingezogen, so etwas ist noch nie passiert." ADH 31 seufzte. „Ich habe es immer geahnt. Du bist so anders als die meisten von uns. Dein Gefühl für sie ist es, das dich schwächt. Wenn es zum Kampf mit Satan kommt, wirst du unterliegen und das darf nicht geschehen." Ray zuckte hilflos mit den Achseln. „Was soll ich tun?"

„Komm zu uns zurück, wir schicken einen Ersatz."

„Zurück?" Entsetzen machte sich auf Rays Gesicht breit. „Das…das kann ich nicht!"

ADH 31 lächelte gütig. „Wenn du zurückkommst, kannst du dir überlegen, ob es sich lohnt menschlich zu werden."

„Wie soll das gehen?" „Oh, einige von uns haben diesen Schritt gewagt und sind durchaus glücklich damit. Du musst dich nur mit der Sterblichkeit vertraut machen. Deine übersinnlichen Fähigkeiten werden sich in Nichts auflösen und an dein bisheriges Dasein wirst du dich nach und nach nicht mehr erinnern können. Dazu brauchst du aber eine Zeit der Umwandlung und für diese Zeit schicken wir Ersatz. Denk darüber nach, du hast bis morgen Zeit. Den Ersatz werden wir auf jeden Fall schicken." Das helle Licht verschwand und Ray stand verlassen auf dem dunklen Balkon.

Mensch werden! Einerseits erschreckte ihn dieser Gedanke, andererseits stieg eine Woge freudiger Erregung in ihm hoch. Er kehrte zu Joannas Bett zurück. Im Schlaf suchte sie nach seiner Hand, murmelte etwas Unverständliches und drehte sich auf die Seite. Ray strich ihr liebevoll übers Haar. „Ja", sagte er zu sich, "ich werde den Schritt wagen." Dann lüpfte er die Bettdecke und schmiegte seinen Körper eng an den ihren.

*

Joanna biss vergnügt in ihren Frühstückstoast. „Ich habe herrlich geschlafen, Ray! Tief und traumlos. Das Wetter scheint heute großartig zu werden." Erst jetzt bemerkte sie, dass ihr Gegenüber schwieg. „Hast du was? Du bist so still?" Er schaute sie ernst an. *Ich*

muss es ihr jetzt sagen! „Joanna, ich muss dich vo-
rübergehend verlassen!"

„Was? Nein, Ray, nein, das darfst du nicht, ich brauche dich doch", flehte sie.

„Es ist etwas eingetreten, was nie hätte passieren dürfen." Er umfasste ihre Schultern und zog sie zu sich
heran. Der Ausdruck seiner warmen goldbraunen Augen war eine Mischung aus Liebe und Begehren
„Ich…ich habe mich in dich verliebt, ich begehre dich
wie ein Mensch." Seine Worte klangen gepresst. In
Joannas Bauch flatterten Hunderte von Schmetterlin-
gen. *Er liebt mich, er liebt mich,* hämmerte es in ihrem Kopf. „Ray, ich…" „Nein, sag nichts…ich weiß,
dass es dir genauso geht…" Joanna umschlang
seinen Oberkörper und presste ihn an sich. Erst wollte
Ray sie abwehren, dann gab er nach und schloss sie
fest in seine Arme. „Das macht mich wahnsinnig",
hauchte seine raue Stimme an ihrem Ohr. „Ich weiß,
wie es geht, aber ich kann nicht mit dir zusammen
sein."

Joanna umfasste sein Gesicht mit den Händen und wollte ihn küssen. In dem Moment, als sich ihre Lippen auf seine legen wollten, war kein Gegendruck zu spüren. Es war als tauchte ihr Mund in eine kühle Nebelwand. Erschrocken fuhr sie zurück. „Siehst du, was ich meine? Ich kann dich nicht küssen, ich kann nicht mit dir schlafen, was willst du also mit mir?" Sein gequälter Gesichtsausdruck verursachte ihr körperliche Schmerzen. „Und deshalb willst du fort?"

„Nicht nur deshalb. Meine Gefühle für dich schwächen meine Kräfte und ich werde meine ganze Kraft benötigen, um den Kampf gegen Luzifer zu gewinnen." Joanna kämpfte mit den Tränen. „Werde ich dich wiedersehen?" Er zog sie in die Arme und wiegte sie wie ein kleines Kind. „Nicht weinen, meine Liebe, nicht weinen. Wir werden uns wiedersehen, nur den Zeitpunkt kann ich noch nicht nennen."

„Wann wirst du gehen?"

„Heute."

Joanna schluckte. „Wer wird an deiner Stelle da

sein?" „Ich!"

Beide fuhren herum. Auf dem Stuhl, wo vorhin noch Joanna gesessen hatte, lümmelte eine junge Frau. Sie hatte feuerrotes Haar, das zu beiden Seiten bis zur Kopfhaut abrasiert war, der mittlere Streifen zog sich wuschelig von der Stirn zum Nacken. Sie trug ein Augenbrauen-Piercing und einen seitlichen Nasenring. Ihr kurzes schreiend pinkfarbenes Top ließ den Bauch hervorblitzen und unter dem Jeans-Minirock war eine löcherige dunkle Strumpfhose sichtbar. Joanna starrte sie mit offenem Mund an.

„Mach die Klappe zu, Herzchen, du bist nicht die erste, die bei meinem Anblick erstarrt. Hallo XRY 1157, da bin ich, deine Ablösung, du solltest dich besser auf die Socken machen, der Alte wartet schon auf dich!" Ray schüttelte lächelnd den Kopf.

„Das hätte ich mir denken können, der alte ADH 31 hat Humor. Sei gegrüßt FHX 17 oder soll ich lieber Feuerfinger sagen?" Die strahlend blauen Augen blitzten vergnügt. „Das ist mir egal, Hauptsache, du Joanna, kommst mit mir klar." Die hatte gerade wieder ihre Fassung gewonnen. „Wie bitte soll sie dich ersetzen?" Joanna blickte von Feuerfinger zu Ray. Liebevoll berührte Ray ihre Wange. „Das, meine Liebste, wirst du sehr schnell herausfinden, sie kann es, ich weiß das!" Feuerfinger grinste. „Also was ist? Husch, husch, der Himmel kann nicht warten!" Gegen ihren Willen musste Joanna lachen. Diese Frau war auf eine respektlose Art herzerfrischend. Sie spürte Rays Hand auf ihrer Schulter. „Leb wohl, meine Liebste!" „Nein, Ray, noch nicht!" Sein Lächeln war traurig, die Hand glitt von der Schulter, seine Gestalt verschwamm, wurde durchsichtig und verschwand. Fassungslos starrte Joanna auf die Stelle, wo Sekunden vorher noch Ray gestanden hatte. Hilflos drehte sie sich zu der jungen Frau um.

„Ist er…jetzt etwa gegangen?"

Feuerfinger lächelte aufmunternd. „Ja, aber er wird wiederkommen, da bin ich mir ganz sicher. Wir werden uns gut vertragen, ich werde dich auf Tritt und

Schritt begleiten."

„Dann sollte ich dir einen anderen Namen geben und eine Aufgabe an meiner Seite," überlegte Joanna. „Ich nehme dich als Assistentin mit und dein Name…"sie zog die Nase kraus, „hmm, wie wär's mit…Fia?"

„Fia," wiederholte Feuerfinger.

„Ja, von Fiametta, das ist italienisch und heißt Flämmchen!"

Feuerfinger begann schallend zu lachen. „Ey, wie abgedreht ist das denn? Fia? Fia! Ok tu dir keinen Zwang an, für mich sind Namen Schall und Rauch. Und übrigens, ich spreche italienisch."

Na klar, das wusste Joanna von Ray, die Engel waren alle multilingual. „Dann mach dich fertig, Fia, wir gehen gleich!"

„Soll ich sichtbar bleiben?" Joanna musterte die bunte Gestalt von oben bis unten. „Tja, ich weiß nicht…zögerte sie.

„Spießerin", zischte Fia, „ich denke du arbeitest beim Fernsehen? Etwa in der Seniorenabteilung?"

Joanna lag eine scharfe Erwiderung auf der Zunge, dann seufzte sie nur und sagte. „Komm so mit und bleib sichtbar, sonst wird mir ein Gespräch mit dir zu stressig!"

28

Herrn Nowitzki am Empfang blieb der Mund offen stehen, als Joanna mit Fia im Schlepptau hereinkam.

„Ich brauche einen Hausausweis für meine neue
Praktikantin."

Der Pförtner starrte immer noch gebannt auf das
schrille Outfit. Fia kaute auf einem Kaugummi herum
und ließ eine dicke Blase vor ihrem Mund platzen.

„Herr Nowitzki?"

„Wie? Ja… natürlich. Stellen Sie sich bitte hier vor die
kleine Kamera." Fia lächelte liebreizend in die Linse
und Minuten später trug sie einen Ausweis an einem
orangenen Band um den Hals. Die Kollegen, denen
sie auf dem Korridor begegneten, drehten sich mit
offenen Mündern nach den beiden um. Joanna war
froh, als sie in ihrem Büro angekommen waren. Fia
warf sich auf einen Stuhl, legte die Füße auf den
Schreibtisch und kaute weiterhin mit offenem Mund
auf ihrem Kaugummi herum.

„Fia, bitte, reiß dich doch mal zusammen, so kannst du dich nicht benehmen!"

„Ach chill mal, ich hätte nicht gedacht, dass du so uncool bist. Ich weiß, dass ich das reinste Kontrastprogramm zu Ray bin, aber das ist doch gerade das Spannende." Ihre Augen funkelten vergnügt und sie versuchte wieder mit dem Kaugummi eine Blase zu formen.

„Jetzt hör mit dem ekligen Kaugummi auf und schmeiß den hier rein." Joanna hielt Fia den Papierkorb unter die Nase. Grinsend spuckte sie ihn hinein. Dann rieb sie sich die Hände.

„Und, was soll ich machen?"

„Du kannst recherchieren…weißt du überhaupt was das ist?"

Fia lächelte.

„Im Gegensatz zu deinem Lieblingsengel, hatte ich keine hundertzwanzig Jahre Sperre. Ich treibe mich seit Ewigkeiten hier unten rum. Klar, weiß ich das. Um wen geht es?"

„Wir brauchen ein paar Stars, die bei unserer Happy Hour mitmachen. Das Projekt soll so ablaufen…"

Fia winkte ab. „Ich weiß, ich weiß, alles schon hier oben drin." Sie tippte sich an den Kopf. „Dann brauche ich nur einen PC und es kann losgehen."

Das Telefon schnarrte. Joanna hob ab,

„Ja?"

„Die Konferenz ist um zehn, de Natas ist auch dabei!"

Die Stimme von Frau Kornmeier klang bedeutungsschwanger.

„Ich komme mit," bestimmte Fia fröhlich.

Was würde Lucien zu diesem bunten Paradiesvogel sagen?

*

Alle hatten sich um den Konferenztisch versammelt. Anja, Nicoletta, Kerstin und Olli konnten den Blick nicht von Fia wenden. Michael starrte sie mit unverhohlener Missbilligung an. Durch eine Seitentür trat

Lucien in den Raum. „Guten Morgen, alle da, dann…,"
er hob den Blick und für einen kurzen Moment meinte
Joanna ein kleines Zusammenzucken zu sehen. Sie
räusperte sich.

„Ich darf euch heute meine neue Praktikantin vorstellen." Sie zeigte auf Fia, die mit einem Klemmbrett neben ihr stand.

„Das ist Fia. Sie wird unser Team unterstützen."

„Hi," Fia grinste in die Runde. Michael meldete sich
zu Wort.

„Solltest du dich optisch nicht etwas besser anpas-
sen?"

Bevor sie antworten konnte, fuhr Lucien dazwischen.

„Na, na Michael, wir wollen doch jeden so leben lassen, wie er möchte. Schließlich sind wir nicht bei einer
Bank. Willkommen im Team."

Alle, bis auf Michael, klopften zur Begrüßung auf den
Tisch.

„Habe ich mich getäuscht?" dachte Joanna, „sollte er
doch so tolerant sein?"

Fia kaute ungerührt auf ihrem Kugelschreiber herum.

Joanna spürte plötzlich den Blick von Lucien. Er schaute sie lange an und ließ ihn dann zu Fia weiterwandern. Die erwiderte den Blick ungerührt und lächelte selbstbewusst. Das gab es doch nicht! Lucien de Natas senkte zuerst seine Augen.

Was geht hier vor? Joanna konnte sich überhaupt nicht richtig konzentrieren. Irgendetwas stimmte da nicht zwischen Fia und Lucien.

„Joanna?"

„Was…ja natürlich!"

„Du hast mitbekommen, dass George Clooney nicht kommt?" Michael schaute sie fragend an.

„Nicht? Ja, dann müssen wir einen anderen Star rekrutieren. Fia, kann sich gleich daran machen."

Geht denn dieses blöde Meeting nicht endlich zu Ende?

Wieder im eigenen Büro stellte sie Fia die Frage, die ihr die ganze Zeit auf der Seele brannte: „Sag mal, kennst du Lucien?"

„Nein, nie gesehen!"

Joanna spürte, dass sie log. Es klopfte und sofort trat Michael in den Raum. Er betrachtete Fia wie ein ekeliges Insekt.

„Schon irgendwelche Ideen…Fia?"

„Ja, und du, hast du schon was?" Michael schnappte hörbar nach Luft.

„Sag mal, Joanna, ist deine …deine Praktikantin nicht ein bisschen zu forsch, um nicht zu sagen, dreist?"

„Ich wusste gar nicht, dass du so altmodisch bist, Michael." Joanna konnte sich ein Lachen nicht verkneifen. „Sie wohnt übrigens auch bei mir, bis sie eine geeignete Wohnung gefunden hat."

„Du weißt aber schon, dass das immer noch meine Wohnung ist?"

„Ich werde zusehen, dass ich schnellstens etwas Eigenes finde, und jetzt mal los, wir haben noch genug zu tun."

„Dein Exfreund mag mich nicht," stellte Fia am Abend fest. Sie saßen beide auf dem Balkon. Es war bereits dunkel und Joanna stand auf, um eine Kerze anzuzünden.

„Lass mal, das mach ich!" Fia schnipste mit Daumen- und Zeigefinger und an der Fingerkuppe flackerte eine kleine Flamme. Joanna staunte nicht schlecht.

„Wie machst du das?"

„Nicht umsonst ist mein Name Feuerfinger! Aber ich kann noch viel mehr." Fia kam in Fahrt. Sie ballte eine Faust und öffnete sie blitzschnell. Die ganze Hand schien in Flammen zu stehen. Sie lachte. „Und das hier:" Sie ließ ihren linken Arm rotieren und aus den Fingerspitzen schoss eine fast zwei Meter lange Stichflamme.

„Ah!" Joanna sprang erschrocken zurück. Fia war in ihrem Element. Jetzt schienen beide Arme zu brennen. Sie streckte sich zum Himmel und stand wie eine lebende Fackel auf dem Balkon. „Fia, bitte hör auf," flehte Joanna. Augenblicklich endete der Spuk. Es roch ein wenig nach Ruß, an der Decke des über ihnen liegenden Balkons, hatte sich ein schwarzer Fleck gebildet. Fia zuckte schuldbewusst mit den Schultern. „Wenn ich einmal dabei bin, kann ich mich kaum bremsen. Ich kann so selten mein Können zeigen."

„Das habe ich gesehen", schnaufte Joanna. „Das also ist dein Talent?"

„Tja, super nicht? Aber zurück zu deinem Ex. Der führt was im Schilde."

„Michael? Wieso sollte er? Es ist alles geklärt. Nur die Wohnung muss ich bald räumen."

„Und dein Chef hat auch noch etwas mit dir vor, ich kriege schon raus, was es ist!"

„Lucien? Warum sollte er? Er hat mir diesen Job verschafft und ich glaube er mag mich sehr." Joanna wollte es nicht glauben. Ihre weibliche Eitelkeit hatte gerade einen Tritt bekommen. Fia schenkte ihr einen nachdenklichen Blick.

„Die nächsten Tage werden für dich sehr turbulent werden, das spüre ich."

„Ach", wischte Joanna die Bedenken fort, „wichtig ist jetzt erst mal eine neue Wohnung."

*

Aufwachen!"

Joanna drehte sich auf die andere Seite.

„Aufwachen!" Eine Stimme säuselte in ihr Ohr. Sie blinzelte in das Licht der Morgensonne, die durch das Fenster fiel.

„Alles Gute zum Geburtstag!" Fia kniete vor ihrem Bett. „Raus, du Faulpelz!" Joanna setzte sich auf. Ihr erster Gedanke galt ihrem verstorbenen Vater. Mit dem heutigen Tag konnte sie sein Erbe antreten. Als sie aus dem Bad kam, stand Fia mit einer Torte vor ihr. „Achtundzwanzig Kerzen!" giggelte sie.

„Aber die brennen ja gar nicht!"

„Den Effekt wollte ich dir schenken!" Fia holte Luft und aus ihrem Mund züngelte eine Flamme und innerhalb von Sekunden flackerten die Kerzen.

„Auspusten und was wünschen!"

Mit einem tiefen Atemzug blies Joanna die Kerzen aus, dann schloss sie die Augen und dachte an Ray.

Ich wünsche, dass er zu mir zurückkehrt und wenn es nicht als Mann ist, dann ist das auch egal!

Als sie Augen wieder öffnete, blickte sie in zwei strahlend blaue Augen, die sie ernst ansahen.

„Er kommt zurück, glaube mir, es braucht nur noch etwas Zeit!"

29

Ihre Mitarbeiter hatten das Büro geschmückt und ein Büffet mit Sekt und Häppchen aufgebaut. Als der Korken der ersten Flasche knallte, erschien Lucien de Natas im Türrahmen, in seinem Windschatten Michael.

„Meine liebe Joanna!" Mit ausgebreiteten Armen schritt er auf sie zu. Bevor er sie umarmen konnte, tauchte wie zufällig Fia an ihrer Seite auf, geriet ins Straucheln und der Inhalt von zwei Gläsern Sekt ergoss sich auf die Jackettärmel von Lucien. Kurz flackerte unverhohlene Wut in seinem Blick auf, dann hatte er sich wieder in der Gewalt. Fias gemurmelte Entschuldigung klang wenig glaubhaft. Michael brachte ein Tablett mit Nachschub. „Auf das Geburtstagskind!"

Alle hoben ihre Gläser. „Ein Foto, lasst uns ein Foto machen", rief Joannas Assistentin Anja. Lucien stellte sich dicht an Joannas linke Seite, Michael eroberte die rechte. Fia ließ sich zu ihren Füßen nieder. Lucien legte einen Arm um ihre Schulter, während Michael seinen Arm um ihre Taille legte. Dabei wanderte die Hand immer tiefer.

„Nimm sofort deine Hand von meinem Hintern", zischte Joanna durch ihre Lippen. Michael tat, als hätte er nichts gehört und begann zu tätscheln.

„Lass das!" Als Michael auch darauf nicht reagierte, bemerkte sie zu ihren Füßen eine schnelle Bewegung. Kurz darauf zuckte Michael zusammen, gab einen leisen Schmerzlaut von sich und es roch nach verbranntem Stoff.

„Alles im Kasten." Anja war zufrieden. Die Kollegen umringten sie und begutachteten die Aufnahme. Michael schaute irritiert nach unten. Vier kleine kreisrunde Brandflecken verunzierten sein Hosenbein. Fia stand schon in der Gruppe der Kollegen und zwinkerte der erstaunten Joanna fröhlich zu.

Lucien kam auf sie zu.

„Wie sieht es aus? Schon eine neue Wohnung gefunden?"

„Woher weißt du das?"

„Deine Anzeige am Schwarzen Brett?"

„Ach so, na klar."

„Warum hast du mir nichts gesagt? Ich hätte eine Wohnung für dich."

Joanna wollte etwas sagen, aber er unterbrach sie.

„Nein, nicht was du denkst. Ich wohne zwar im gleichen Haus, aber nicht in dieser Wohnung."

Im gleichen Haus mit dem geborenen Verführer?

„Schau sie dir wenigstens an." Mit diesen Worten wandte ich er sich charmant an Karen Keller, die gerade den Raum betrat.

*

„Ich kann doch wenigstens mal gucken!" Joanna schritt energisch voraus. Fias Gesichtsausdruck war ärgerlich.

„Der Typ ist nicht ganz sauber, glaub es mir! Was,

wenn der 'nen Schlüssel hat und bei dir am Bett steht?"

Das Joanna beinahe mit Lucien in selbigem gelandet war, verschwieg sie Fia. Das Haus lag in einer ruhigen Seitenstraße umgeben von viel Grün. Das vierstöckige Gebäude war hell und modern, mit großen Fenstern und viel Edelstahl. Die Wohnung lag im dritten Stock und war Luxus pur.

„Wow," staunte Joanna," unglaublich, die Wohnung ist der Hammer." Parkettböden, ein supermodernes Bad, eine HighTech-Küche und ein atemberaubend schöner Ausblick über den Stadtpark, was wollte man mehr. Selbst Fia musste das widerwillig zugeben.

„Aber hoffentlich kann ich die bezahlen!" Auf dem Küchentisch entdeckte Fia einen Umschlag.

„Hier liegt ein Brief, an dich adressiert."

Joanna schlitzte ihn auf und las mit gerunzelter Stirn: *Ich hoffe, die Wohnung gefällt meiner kleinen Senkrechtstarterin. Wohn doch erst mal kostenlos zur Probe, alles andere wird sich zeigen. L.*

„Ich kann hier erst mal umsonst wohnen!"

„Da ist doch was oberfaul!" tönte Fia

„Also, für einen Engel bist du ganz schön pessimistisch!"

„Nein, realistisch. Überleg doch mal, da ist ein knallharter Geschäftsmann und der überlässt dir mal ebenso kostenlos eine Wohnung? Ohne Gegenleistung?"

„Hier steht doch auch, erstmal…das heißt später muss ich bestimmt Miete zahlen."

„Dann nimm sie in Teufels Namen, ich bleibe ja nur für eine kleine Zeit bei dir, bis Ray wieder da ist."

Joanna blickte Fia hoffnungsvoll an.

„Hast du von ihm etwas gehört?" Fia schüttelte den Kopf.

„Nein, aber glaub mir, eine Umwandlung dauert halt."

„Eine…eine Umwandlung?"

„Ja, weshalb glaubst du denn, ist er zurückgegangen? Wenn du ihn wieder in die Arme schließen kannst, ist er ein Mensch!"

„Was geschieht denn dort mit ihm?"

„Nun, er muss einige schmerzhafte Prozeduren über sich ergehen lassen. Seine ganze Vergangenheit wird ausgelöscht. Nur dich wird er wieder erkennen."

„Wie schmerzhaft?"

„Körperlich und seelisch, aber wenn er zu dir zurückkehrt, dann hat er das alles vergessen."

Joanna schluckte. Das alles nahm Ray auf sich, nur für sie! Ihr Magen schien Purzelbäume zu schlagen. Welche Schmerzen musste er aushalten? Fia strich ihr eine Haarsträhne aus dem Gesicht.

„Quäl dich nicht, freu dich lieber, dass er bald wieder da ist. Nimmst du die Wohnung jetzt oder nicht?"

Joanna nickte. „Ja, ich werde das Angebot wohl annehmen. Schlimmstenfalls muss ich halt wieder ausziehen." Ihr Handy klingelte. Mutti stand im Display. Agnes, ihre Pseudo-Mutter. Sie nahm ab.

„Ja?"

„Hier ist Mutti...," Agnes machte eine Pause und wartete auf einen Protest von Joanna. Als nichts geschah, sprach sie weiter: „Du hast einen Brief vom Notar bekommen. Soll ich den zu dir schicken oder willst du ihn abholen?"

„Ich hol ihn heute Abend ab." Jetzt war genau das eingetreten, was Lucien ihr voraus gesagt hatte. Woher wusste der Kerl das alles? Es schien, als sei er immer mit einer Nasenlänge vorn.

30

„Der Brief kommt aus Brügge von einem Guillaume Lambert . Alles auf Französisch…" Joanna blickte hilflos auf das Schreiben in ihren Händen.

„Gib her", Fia streckte die Hand aus. „Nächste Woche Dienstag hast du dort einen Termin in seiner Kanzlei. Du musst deinen Personalausweis und deine Geburtsurkunde mitbringen und dann…"sie blickte auf, „dann wirst du erfahren, was du geerbt hast."

*

„Ich brauche nächste Woche einen Tag Urlaub, ich muss nach Belgien."

Lucien de Natas lächelte wissend. „Aha, der Brief ist also gekommen? Michael kann dich begleiten, er spricht französisch."

„Nein, Fia kommt mit, sie kann das auch."

„Fia? Dieser schreiend bunte Punk? Das ist nicht dein Ernst. Sag mal, was verbindet dich eigentlich mit ihr? Woher kennst du sie?"

Sein Blick war lauernd.

„Ich habe sie in der Stadt kennengelernt, als sie mich anbettelte." Sorry, Fia, dachte Joanna, ging nicht anders.

„Und dann hast du sie mitgenommen und lässt sie gleich bei dir wohnen? Findest du das nicht auch im höchsten Maße seltsam?"

„Nein", lächelte Joanna, „ich habe halt ein gutes Herz! Kann ich nun an dem Tag fahren?"

Lucien nickte. „Dein Glück das der Pausenknaller Sommerpause hat."

Lucien de Natas bebte innerlich vor Zorn. Wo kam dieses aufsässige bunte Wesen her? Dieses vermaledeite Weib durchkreuzte seine Pläne. Er drückte die Taste der Gegensprechanlage.

„Schicken Sie mir Michael Winter ins Büro, aber dalli!"

Als Michael den Raum betrat, sah er gleich wie wütend Lucien war.

„Was ist passiert?"

„Sie nimmt diese kleine Punkerschlampe mit nach

Belgien. Hast du es immer noch nicht geschafft, sie wieder auf deine Seite zu ziehen?"

Verlegen schüttelte Michael den Kopf. „Sie will nicht mehr…und glaub mir sie kann unheimlich stur sein. Ist sie schon umgezogen?"

„Jetzt am Wochenende zieht sie ein."

„Sag mal Lucien, woher kommt diese Fia? Mir ist da auf Joannas Geburtstagsfeier was Seltsames passiert. Als ich Joanna beim Fotoshooting im Arm hatte, spürte ich plötzlich Schmerzen am Bein und du wirst es nicht glauben: Ich hatte Brandflecken auf meinem Hosenbein! Vier kreisrunde Flecken, als hätte jemand vier Zigaretten gleichzeitig ausgedrückt!"

„Feuerfinger!" stieß Lucien aus.

„Was? Wer?"

„Das erschwert unsere Mission."

„Ich versteh nicht.."

„Das musst du auch nicht, nur so viel, diese Punkerin ist…sagen wir mal…kein normaler Mensch. Sie verfügt über …gewisse Fähigkeiten. Ich muss jetzt nur noch recherchieren, wo ihre Schwachstelle ist." Er machte eine Pause, während Michael mit leicht dümmlichem Gesichtsausdruck vor ihm stand.

„Hilfst du ihr beim Umzug?" fragte Lucien.

„Nein, sie hat mich nicht gefragt."

„Dann, verdammt noch mal, tu du es, frag sie und hilf ihr! Mach dich beliebt, schleim dich ein oder was weiß ich, aber tu was!"

*

Alle packten mit an. Olli Leike hatte den Pick-up seines Onkels geliehen und wuchtete gerade Joannas schöne antike Kommode auf die Ladefläche.

Joanna tauchte mit einer Topfpflanze im Arm in der Tür auf, als sie Michael sah, der ihr lässig entgegenschlenderte. „Kann ich mithelfen?"

„Du willst helfen?" Ungläubig starrte sie ihn an. „So?" und damit wies sie grinsend auf seinen Aufzug. „Im Anzug und mit Krawatte? Da könnte aber der eine und andere Fleck draufkommen!"

Joanna trug einen alten Blaumann, ihre Haare waren verwuschelt und auf ihrer Stirn prangte ein Schmutzfleck.

„Nichts leichter als das." Michael schlüpfte aus seinem Jackett, zog die Krawatte auf und krempelte die Ärmel seines Hemdes hoch. Dann drückte er sich an ihr vorbei in die Wohnung und hievte einen Karton empor. Verwundert sah Joanna ihm hinterher.

Die Sonne ging bereits unter und es dämmerte, als das letzte Teil in der neuen Wohnung stand. Alle Helfer einschließlich Michael aßen Pizza aus Pappschachteln.

„Ich danke euch allen. Wenn ich hier einigermaßen Ordnung geschafft habe, dann gibt es eine Fete." Als der letzte gegangen war, sank sie erschöpft auf einen Umzugskarton.

„Ich bin so müde, Fia, ich könnte im Stehen einschlafen", gähnte sie. Fia war mit dem Aufpumpen einer Luftmatratze beschäftigt.

„Ich blase gerade unsere Bettstatt auf", kicherte sie. Sie hielt kurz inne. „Ich glaub, da ist jemand an der Tür." Sie wies mit dem Kopf dorthin. Fia legte einen Finger auf die Lippen. Joanna schlich so leise wie möglich zur Haustür und schaute durch den Spion. Nichts! Sie schüttelte den Kopf, dann öffnete sie. Auf der Fußmatte stand ein riesiger Präsentkorb. Joanna beugte sich vor und schaute nach links und rechts, doch niemand war zu sehen. Sie hievte den Korb in die Wohnung. Eine Karte steckte zwischen den kulinarischen Köstlichkeiten.

„Lass es dir schmecken, alles Gute zum Einzug, Lucien."

„Der Vermieter war da", grinste Joanna, „jetzt haben wir für die nächsten Tage genug zu essen."

Fia erwiderte ihr Grinsen nicht. Sie riss die Geschenkfolie auf und durchstöberte den Inhalt. Dosen, Flaschen, Schachteln, alles landete auf dem Küchentisch. Sie wühlte sich durch die Holzwolle. Irritiert fragte Joanna: „Was suchst du?"

„Gleich", presste Fia zwischen den Zähnen hervor. Sie hielt inne. „Nichts, das gibt's nicht!"

„Was? Was gibt's nicht?" Fia hob den Korb in die Höhe. Ein triumphierendes Lächeln erschien auf ihrem Gesicht. „Wusste ich es doch!" Mit diesen Worten pflückte sie vom Boden des Korbes, einen winzigen runden Gegenstand, warf ihn auf den Boden und zertrat ihn.

„Eine Wanze! Der wollte dich ausspionieren!"

„Aber wieso denn? Ich habe doch keine Geheimnisse!"

„Oh, doch, meine Liebe. Das Testament nächste Woche, der will wissen, was du bekommst!

„Ach Fia, das kann nicht sein. Lucien hat doch selbst Vermögen!"

„Dann will er etwas, was man mit Geld nicht kaufen kann und das du bekommen sollst!"

„Devils Tear?" flüsterte Joanna. Fia nickte.

„Ich fürchte ja. Wir sollten die Wohnung nach weiteren Spionagemitteln absuchen! Bis dahin", sie drehte das

Radio auf, „bis dahin, reden wir nur mit Musikunterma-
lung!" Joanna nickte.

„Ich hab doch geahnt, dass der mir diese tolle Wohnung nicht ohne Hintergedanken gibt! Also, werde ich
mich hier gar nicht groß einnisten, sondern mich weiter auf Wohnungssuche machen. Aber er darf das
nicht erfahren." Fia durchstreifte die Zimmer, sah in
und unter Lampen, öffnete den Hörer des Telefons,
untersuchte jeden Quadratzentimeter der Küche und
des Bads. Nichts, offensichtlich war es der erste Versuch gewesen, Joanna auszuspionieren. Joanna war
enttäuscht. Warum griff Lucien zu solchen Mitteln?
Wenn er was von ihr wissen wollte, hätte er sie doch
ansprechen können.

31

Eine gutgelaunte Fia saß neben einer nervösen Joanna im Wartezimmer des belgischen Notars in Brügge.

„Mademoiselle Langveld? Monsieur Lambert lässt bitten!" Die Sekretärin hatte einen starken französischen Akzent.

Ein junger Mann erhob sich hinter einem wuchtigen Schreibtisch. Joanna und Fia waren erstaunt.

„Guillaume Lambert", stellte er sich vor. „Ja, so geht es fast allen Klienten. Sie haben sicherlich einen würdevollen älteren Herrn erwartet?" Er schmunzelte. „Ich habe vor einigen Monaten die Kanzlei meines Vaters übernommen. Nehmen Sie doch bitte Platz. Sie scheinen nervös zu sein?" fragte er in Richtung Joanna. Sie nickte.

„Ich erbe zum ersten Mal." Kaum hatte sie es ausgesprochen, merkte sie wie lächerlich das klingen musste. „Seien Sie froh, manche erben nie. Darf ich Sie bitten sich auszuweisen." Joanna legte alles auf den Tisch. Lambert warf einen prüfenden Blick darauf und öffnete dann feierlich eine schwarze Mappe. „Ich verlese jetzt das Testament Ihres verstorbenen Vaters. Entschuldigen Sie bitte, meine etwas holperige Aussprache:

Mein letzter Wille

Ich, Ferdinand de Besancourt, geboren am 11. September 1941 setze meine Tochter Joanna Maria Langveld , geboren am 27. Juli 1982 als alleinige Erbin meines gesamten Vermögens ein.

Dann folgte eine Liste von ehemaligen Angestellten, die mit kleineren Deputaten belohnt wurden.
„Und …aus was besteht das gesamte Vermögen?" wollte Joanna wissen.
„Nun, Ihr Vater hinterlässt Ihnen an Barvermögen derzeit 24 Millionen Euro, seine Villa in der Nähe von Lille, ein Ferienhaus in der Toscana, eine Wohnung in Antibes und eine Penthouse-Wohnung in New York

mitsamt allem Inventar. Und…" er drehte sich um, öffnete einen kleinen Wandsafe und entnahm ein Kästchen. „…und diesen Bankschließfach-Schlüssel. Damit müssen Sie nach Antwerpen zu dieser Bank." Er legte ein Kärtchen neben den Schlüssel.

„Jetzt meine Frage: Nehmen Sie die Erbschaft an?" Joanna saß völlig überwältigt auf dem Stuhl und reagierte gar nicht auf die Frage. „ Mademoiselle Langveld? Haben Sie mich verstanden? Geht es Ihnen nicht gut?"

„Doch…doch, es geht mir gut." Joannas Mund war völlig ausgetrocknet „…und ja, ich nehme die Erbschaft an."

Nach gefühlten hundert Unterschriften und der Ankündigung alle Papiere in den nächsten Tagen zu erhalten, nahm sie das einzig greifbare mit: Den Schlüssel.

Draußen umarmte Fia sie. „Du bist jetzt eine reiche Frau. Du wirst dich demnächst vor Bewerbern nicht mehr retten können…"

„Ach, Fia! Der einzige Bewerber ist unerreichbar weit weg. Das alles hat mir nun mein Vater vermacht, ohne mich jemals kennengelernt zu haben. Ich wünschte, ich könnte ihn wenigstens einmal sehen, mit ihm reden. Er tut mir so leid. Wie furchtbar muss das alles für ihn gewesen sein."

Tröstend strich Fia ihr übers Haar.

„Deinem Vater geht es gut und glaube mir, das Schönste für ihn ist jetzt, dass seine Tochter das Erbe antritt! Und jetzt lass uns nach Antwerpen fahren!"

Das Gebäude war beeindruckend. Die Eingangshalle mit Holzvertäfelungen, Marmor und Kronleuchtern. Ein Angestellter in Livrée führte sie in das Kellergeschoss. Sie näherten sich einer Metallwand mit hunderten von Fächern. Der Mann steckte seinen Schlüssel in das Schloss eines Bankfaches. Es machte vernehmlich klick. „Jetzt entriegeln Sie bitte mit Ihrem Schlüssel das Fach. Ich werde den Raum verlassen und Sie können ungestört den Inhalt überprüfen."

Fia übersetzte ins Deutsche. Joannas Hand zitterte

als sie den Schlüssel hineinschob. Das Fach öffnete sich. Sie zog einen länglichen Blechkasten heraus und schaute ängstlich zu Fia.

„Nun mach schon auf! Da ist doch kein Ungeheuer drin!"

Vorsichtig hob Joanna den Deckel. Ein dunkelblaues Kästchen lag darin, daneben ein Brief.

Meine geliebte Tochter, las sie, *jetzt ist es soweit, ich weile nicht mehr unter den Lebenden. In diesem Kästchen befindet sich etwas, was unserer Familie eigentlich nur Kummer und Leid gebracht hat. Es ist der berühmte Devils Tear, ein orangeroter Diamant von 47,2 Carat. Er war fast hundert Jahre verschollen. Als ich vierzig wurde habe ich in meiner Familiengeschichte gestöbert und in alten Aufzeichnungen war immer wieder von diesem Diamanten die Rede. Als das Haus meines Urururgroßvaters Edouard de Besancourt abbrannte, soll er dort verloren gegangen sein. Unendlich viele Menschen haben immer und immer wieder in den Trümmern gesucht, aber nie et-*

was gefunden. Als ich auf dem Grundstück mein jetzi-
ges Haus errichten ließ, fand ich den Stein in einem
gewaltigen Erdaushub. Warum gerade alleine nur ich
ihn sah, bleibt bis heute ein Rätsel. Meine damalige
Frau wollte sich nicht scheiden lassen, ich bot ihr den
Stein für meine Freiheit. Sie willigte ein, aber dann
geschah das Unglück. Als sie den Diamanten tragen
wollte, erlitt sie einen Hirnschlag und lag zwölf Jahre
im Koma. Zu einer Scheidung kam es nicht mehr.
Seitdem liegt er in diesem Bankfach. Ich glaube bis
heute, dass dieser Stein auch deiner Mutter den Tod
brachte. Einer Legende nach soll er die Träne des
Teufels sein, ich habe darüber gelacht, aber jeder der
damit in Berührung kam, dem ist ein Unglück wider-
fahren. Meines war der Verlust deiner Mutter und
meiner Tochter. Alle Welt glaubt, der Diamant sei
immer noch verschwunden. Was du nun damit an-
fängst, musst du selbst entscheiden.

Ich wünsche dir ein gesundes, sorgenfreies Leben,
erfüllt von Liebe

Dein Vater

Die letzten Zeilen verschwammen vor Joannas Augen und dicke Tränen tropften auf das Papier. Zaghaft ergriff sie das Kästchen. Fia konnte ihre Aufregung kaum unterdrücken.

„Mach's auf!"

Langsam öffnete Joanna den Deckel. Auf dunklem Samt lag ein etwa taubeneigroßer orangeroter Stein mit einer zarten Fassung aus Gold und einer Öse. Sie nahm ihn in die Hand und hielt ihn gegen das Licht.

„Es sieht aus, als wenn er innen lebendig ist!" Die Facetten des Diamanten schimmerten, glitzerten und funkelten in orange, cognacfarben und tief im Inneren dunkelrot.

„Das ist sie also, die Träne!" Fia schaute fasziniert. Joanna legte den Stein wieder in das Kästchen, steckte es in ihre Handtasche und verschloss das Bankfach wieder.

„Lass uns gehen."

Im Auto packte sie ihn noch einmal aus.

„Was mache ich nur mit ihm? Wenn das stimmt, was Ray mir darüber erzählt hat, dann bin ich ständig in Gefahr. Aber wie soll ich Luzifer erkennen? Wie sieht er aus? Bestimmt nicht wie auf den Bildern in der Bibel!"

„Du wirst ihn erkennen, wenn er den Stein haben will. Wer außer Ray, dir und mir weiß davon?"

„Vielleicht Michael? Aber der ist doch niemals der Satan!"

„Nein", Fia schüttelte den Kopf, „das wäre mir aufgefallen!"

„Soll ich ihn wieder in ein Schließfach legen?"

„Nein, nein auf keinen Fall! Ich weiß, wie gefährlich das jetzt alles für dich wird, deshalb bin ich ja hier, aber wir müssen Luzifer entlarven und den Stein vernichten! Wir wissen, dass er bereits sechs Tränen in seinem Besitz hat, du weißt, was es bedeutet, wenn er diese auch noch erhält?"

Joanna nickte. „Dann gibt es unsere Welt, so wie sie heute ist, nicht mehr. Können wir ihn jetzt nicht einfach zertrümmern?"

„Könnten wir, wenn", Fia schaute in den Seitenspiegel, „wir nicht unter Beobachtung stünden."

„Was? Werden wir etwa verfolgt?"

Fia nickte. „Das ist ja wie im Krimi. Kannst du erkennen, wer es ist?"

„Da vorne ist ein Restaurant, fahr mal ran."

„Hä, wieso soll ich jetzt was essen?"

„Sollst du nicht, aber ich will den Verfolger sehen und ich glaube, ich weiß, wer das ist!"

Der Wagen folgte ihnen auf den Parkplatz und blieb in einiger Entfernung stehen. Nichts rührte sich.

„Auf was wartet der denn?"

„Hast du immer noch nicht erkannt, wer das ist?" fragte Fia.

Joanna kniff die Augen zusammen und starrte konzentriert in den Rückspiegel.

Sie schüttelte den Kopf.

„Ich geh da jetzt hin und frag den mal." Joanna öffnete die Tür. Fia stand augenblicklich an ihrer Seite. „Nicht ohne mich!"

Beide gingen auf den Wagen zu und ausstieg…

"Michael? Du? Was machst du hier?"

Er lachte verlegen. „Ich wollte nur auf Nummer sicher gehen, dass dir nichts passiert."

„Spinnst du? Was soll mir denn passieren? Außerdem bin ich nicht alleine, wie du siehst!"

Michael blickte grimmig zu Fia.

„Ich nehme mal an", sagte diese, „er interessiert sich für dein Erbe, wieviel du bekommen hast und was…"

„So ein Quatsch! Was mischt du kleine Punkerschlampe dich überhaupt ein? Vielleicht hast du ja vor, Joanna zu betrügen!"

„Wobei denn? Das Haus muss sie erst verkaufen und sonst ist da nichts!"

„Wie, da ist nichts? Ich denke du bist Alleinerbin? Dein Vater war Diamantenhändler, der muss doch Geld gehabt haben." Michael war völlig verwirrt. Joanna nahm Fias Vorlage dankbar an. „Stimmt was sie sagt, ich habe nur das Haus geerbt."

„Und was habt ihr dann in der Bank gemacht?" Erst als er es ausgesprochen hatte, bemerkte er seinen Fehler. Fia hob belustigt die Augenbrauen.

„Du spionierst mir nach?" Joanna war fassungslos. Michael wurde rot.

„Nun", Fia ergriff das Wort, „er muss schließlich seinem Auftraggeber ein Ergebnis bringen, oder?" Joanna war jetzt vollends verwirrt.

„Auftraggeber? Was ist hier eigentlich los?"

„So ein Quatsch", brauste Michael auf, „ich dachte, du könntest meine Hilfe gebrauchen, deshalb bin ich dir nachgefahren." Er merkte selbst, wie lahm das klang.

„Sag deinem Chef einfach das, was du gerade gehört hast!" sagte Fia und fasste Joanna unter, „komm, wir gehen." Wut zeichnete sich auf Michaels Gesicht ab. Er packte Fia grob am Arm. "Was mischt du Schrott-platz auf zwei Beinen dich eigentlich überall ein? Ich werde dafür sorgen, dass du rausfliegst!" Fia brachte ihren Mund dicht an sein Ohr und flüsterte:

„Das würde ich mir gut überlegen, das nächste Mal

sind die Brandflecken in deinem Gesicht!" Verdattert ließ er ihren Arm los und Fia grinste ihn frech im Fortgehen an, „Ach, und wer rausfliegt, das bestimmt immer noch Joanna!"

Als beide wieder im Auto saßen, stand Michael immer noch wie angewurzelt an seinem Platz. Was hatte diese Göre gesagt? Brandflecken im Gesicht? Die war ja gemeingefährlich! Aber noch schlimmer als das, was sollte er jetzt bloß Lucien berichten?

„Was mache ich bloß mit diesem Stein?" fragte Joanna ratlos. „Soll ich ihn wieder in ein Schließfach legen oder als Schmuck tragen, zuhause aufbewahren? Was meinst du?" Fia machte ein ernstes Gesicht. „Weißt du, Joanna, das sicherste wäre es, ihn wieder in ein Schließfach zu legen. Aber leider hast du, mit diesem Stein auch eine Mission geerbt. Wir müssen herausfinden, wer Luzifer ist. Ich habe einen Verdacht, bin mir aber noch nicht sicher."

„Aber warum müssen wir das rausfinden? Können wir das Ding nicht einfach wegwerfen, verkaufen oder was weiß ich…"

„Nur nicht verkaufen, dann wird er Mittel und Wege finden den Stein in seine Gewalt zu bekommen. Wir müssen ihn enttarnen und dann den Stein so vernichten, dass er für immer verloren ist…und das muss er sehen! Sonst wird er nie Frieden geben!"

„Und wieso hat er es nie bei meinem Vater versucht?" Fia zuckte mir den Schultern. „Ich weiß nicht. Vielleicht weil er den Stein erst so spät gefunden hat und ihn sofort im Bankfach unter Verschluss hatte."

„Aber wieso dann ich? Das konnte er doch nicht wissen!" Fia lächelte.

„Nein? Michael wusste es, er kannte den Namen deines wirklichen Vaters. Und Luzifer hat selbstverständlich die Besancourts immer im Auge gehabt."

„Michael? Du meinst…er steckt mit ihm unter einer Decke?" Joanna war fassungslos.

Fia nickte. „Sieht ganz danach aus. Sei vorsichtig mit

allem was du sagst und machst, wenn er in der Nähe ist."

Als Joanna abends auf der Luftmatratze lag, die ihr als Bettstatt diente, drehte sie den Stein in ihren Händen. „Was mache ich nur mit dir. Du bist so wunderschön und genauso gefährlich."
Ihr Blick schweifte durch den Raum, mit den noch vielen unausgepackten Umzugskartons. Ein etwas kleinerer erweckte ihre Aufmerksamkeit. Na klar, das waren die Briefe ihres Vaters und einige hatte sie immer noch nicht gelesen. Sie kletterte aus dem Bett und zog den Karton zu sich heran. Sie suchte nach Briefen, die er kurz vor seinem Tod an sie geschrieben hatte. Er berichtete nur von seinen Tagesabläufen, aber nie etwas über den Stein oder Luzifer. Vielleicht lag das Geheimnis in seinem Haus? Vielleicht würde sie da etwas finden. Sie legte den Stein wieder in das Kästchen und schob ihn unter ihr Kopfkissen.
Die glühenden Augen, die sie durch das Fenster beobachteten, bemerkte sie nicht.

31

Der Raum war in blau-weißes Licht getaucht. Er wirkte kalt, steril und ungemütlich. Aber gemütlich machen
wollte es sich der Mann, der auf dem Tisch lag, ja
auch gar nicht. Ray tastete nach der langen Narbe,
die sich vom Brustbein bis zum Schambein zog. In
seinem rechten Arm steckte eine Kanüle. Eine klare
Flüssigkeit tropfte unentwegt durch einen Schlauch
direkt in seine Vene. Lautlos öffnete sich eine Schie-
betür und drei grün-vermummte Gestalten betraten
den Raum. Ray blickte in die freundlichen Augen von
ADH 31. „Wie geht es dir?" Ray versuchte zu sprechen, aber es misslang. Nur ein Krächzen kam aus
seiner Kehle. „Das liegt an dem Tubus, den du sehr
lange getragen hast. Die Stimmlippen sind noch ein
wenig gereizt. Wir beginnen jetzt mit einer Bluttrans-
fusion und dann werden wir deinen Motor anwerfen!"
„Motor?" „Na ja, das Ding, was so viele Aufgaben im

Körper hat: Das Herz. Erschrick nicht, wenn du es schlagen hörst."

Auf einem Wägelchen lagen mehrere Blutbeutel. „Du erhältst die Blutgruppe 0, die ist am unkompliziertesten."

Einer der grünvermummten Männer entfernte den Tropf und ersetzte ihn durch einen der mit Blut gefüllten Beutel. Ray sah wie eine dunkelrote Flüssigkeit sich den Weg durch den durchsichtigen Schlauch bahnte. Als das Blut in seinen Körper eintrat, schrie er auf. Es fühlte sich an, als ergösse sich ein Lavastrom in ihn hinein. Er spürte, wie die heiße Flüssigkeit den Arm hinaufkroch, die Halsbeuge erreichte und seitwärts an der Schläfe entlang die Schädeldecke verbrannte. Sein Körper bäumte sich auf, seine Gliedmaßen zuckten, bevor er um sich schlagen konnte, presste das Arzt Team ihn mit aller Macht gegen die Liege. Er stammelte, gurgelte, sein Hirn spielte grelle gleißende Bilder vor seinen Augen ab. „Joanna", röchelte er. Die Männer schauten sich vielsagend an.

„Die Erinnerung funktioniert," stellte ADH 31 zufrieden fest. Nach dem siebten Beutel trat Ruhe ein. „Der Defibrillator ." Die Anweisung kam knapp. Ray spürte einen deftigen Schlag in seinem Brustkorb, dann noch einen…und plötzlich war sein Körperinneres erfüllt von einem dumpfen, dröhnenden Schlagen. Sein Gehör begann zu rauschen. ADH 31 lächelte. „Willkommen, Mensch! Du bleibst noch ein paar Tage hier, dann heißt es Abschied nehmen. Wir müssen deinen Magen, den Darm und deine Blase noch aktivieren und ja…und…" Ray hob den Kopf und blickte an seinem Körper entlang. Seine Aufmerksamkeit blieb an einem Gebilde zwischen den Beinen hängen. Er schaute verwirrt in die Gesichter der Anwesenden. Alle grinsten. „Nun ja, das brauchen wir nicht aktivieren, das funktioniert von alleine," schmunzelte ADH 31. Als sie sein Bett hinausfuhren, fühlte sich Ray schwach, seine Gliedmaßen kribbelten, wenn er den Kopf hob, wurde ihm schwindelig, alles schien sich zu drehen. In seinem Zimmer erwartete ihn bereits eine bildhübsche Schwester. „Hallo Ray, ich habe dir die erste echte Mahlzeit gebracht. Wie man kaut und schluckt kennst du ja, oder?" Sie kicherte. Ein gelblicher Brei dampfte in einer Schale. Ein bis dato unbekannter Geruch bahnte sich den Weg zu seinen Geruchsrezeptoren. „Was rieche ich da gerade?"

„Das nennt man Grießbrei mit Vanillesoße."

„Aha, Grießbrei…essen das nicht nur Kleinkinder?"

„Das bekommst du nur, weil du dich an etwas Essbares erst gewöhnen musst." Ray fuhr mit dem Zeigefinger durch das Schüsselchen und schob den entstandenen kleinen Berg auf der Kuppe in den Mund. Es schmeckte süß, weich, einfach köstlich. „Schmeckt die Menschennahrung immer so? „Nein, du wirst in den nächsten Tagen alles probieren, was Menschen so essen, lass dich überraschen." Dann verließ sie das Zimmer. Ray löffelte brav, mit noch etwas zittrigen Fingern den Brei aus. Er lehnte sich zurück, schloss die Augen und schlief ein.

*

„Du bist soweit, Ray! Die Stunde des Abschieds ist gekommen. Das Einzige, an das du dich erinnern wirst, sind Joanna und Devils Tear. Feuerfinger wird deine ersten Schritte unterstützen." ADH 31 umfasste seine Schultern. „Leb wohl, Ray. Du wirst gleich ausstaffiert für dein neues Dasein. Werde glücklich mit deiner Joanna. Ich wünsche dir ein langes Menschenleben." Dann wurde es dunkel um Ray.

32

„Bist du wahnsinnig? Wieso hast du dich erwischen
lassen? Jetzt hast du beide gewarnt." Lucien de Natas
war außer sich. Michael Winter stand mit hängendem
Kopf vor ihm und fühlte sich mehr als unbehaglich.
„Ich brauche diesen Stein!" Lucien hieb mit beiden
Händen auf seinen Schreibtisch. „Lass dir was einfal-
len und jetzt hau ab!" Als Michael das Zimmer verlassen hatte, rannte Lucien wie ein gefangener Tiger
hin-und her. Er musste einen Weg finden selbst an
den Stein zu gelangen, dieser Schwachkopf war un-
fähig! Seit er gestern Nacht den Diamanten in Joannas Händen gesehen hatte, wuchs seine Gier danach
ins Unermessliche. Er hatte nicht mit so viel Widerstand von dieser Frau gerechnet. Lucien musste widerwillig zugeben, dass es doch noch Menschen gab,
die Werte hatten und diese auch lebten. Sie war offensichtlich zu keiner Erneuerung der Beziehung zu
bewegen. Ob es wohl an diesem Ray lag? Irgendet-

was sagte ihm, dass er ihn kannte, irgendwas war ihm vertraut. Er sank in seinen Schreibtischsessel und begann zu grübeln. Dieser Kerl war aus dem Nichts aufgetaucht, jetzt war er verschwunden, stattdessen war diese Feuerfinger da. Das kleine pyromanische Miststück! Sie würde sicherlich über dem Diamanten wachen, wie eine Glucke über ihren Küken. In ihm reifte ein Plan. Zuversichtlich richtete er sich auf und lächelte diabolisch.

*

Der Morgen schien grau durchs Fenster, als Joanna erwachte. Sie stand auf und öffnete weit die Balkontür. Auf der Luftmatratze im Wohnzimmer schlief Fia und sah friedlich und mädchenhaft aus.

„Fia, Fia," Joanna rüttelte an ihrem Arm, „ wach auf, ich habe mir etwas überlegt!"

„Was?" Fia gähnte. „Was hast du dir überlegt." „Wir fahren in das Haus von meinem Vater, vielleicht finde ich da irgendetwas über den Stein." „Du willst nach Lille? Keine gute Idee!"

„Wieso?" fragte Joanna, „Wie soll ich denn sonst diesen Fluch loswerden? Irgendwo muss es doch einen Hinweis geben."

„Joanna, die Lösung ist hier, irgendwo vor deiner Nase. Er ist hier und er wird sich nur verraten, wenn er den Stein sieht!"

„Was soll ich deiner Meinung nach tun? Ihn als Briefbeschwerer auf meinen Schreibtisch legen, als Handschmeichler die ganze Zeit mit mir herumschleppen?"

„Nein, du wirst ihn als Halsschmuck tragen", sagte Fia und mehr zu sich selbst: „dann wird er reagieren."

Als Joanna das Sendegebäude betrat, hatte sie das Gefühl, der vorher kühle Stein, würde Wärme entwickeln. Sie trug ihn an einem Samtband um den Hals und der orangerote Diamant lag auf ihrem Dekolletee. Fia stapfte in ihren Bikerboots und einer löcherigen Strumpfhose hinter ihr her. Herr Nowitzki am Empfang schüttelte missbilligend den Kopf über das ungleiche Paar. „Fia," zischelte Joanna, „ könntest du beim nächsten Mal etwas Spießigeres anziehen? Wir fallen auf wie ein Kalb mit zwei Köpfen."

Fia grinste. „Weißt du", sie wedelte mit den Händen," leider kann ich den Funkenflug nicht so richtig lenken und dann…" Sie sah auf ihre Strümpfe. Joanna musste lachen. „Das ist ja mal ein toller Stein!" Sie hatten Karen Keller nicht bemerkt, die sich ihnen in den Weg stellte. „Darf ich mal?" Sie streckte die Hand aus. „Finger weg, ich mag das nicht!" Joanna blickte die blonde Moderatorin böse an. „Schon gut, schon gut, Sie stellen sich ja vielleicht an." Die Keller zog verschnupft von dannen. „Meinst du, das war…?" Joanna sah Fia fragend an. Die schüttelte den Kopf.

„Ne, garantiert nicht. Ich warte auf die Reaktion einer bestimmten Person!"

Und die, ließ nicht lange auf sich warten.

*

An der Decke hing eine nackte Glühbirne. Über einem Stuhl lagen ein Hemd und eine Hose, eine Holzpritsche an der Wand, sonst kein Mobiliar. Ray blinzelte. Vor ihm stand ein Koffer, auf dem Koffer eine Mappe. Er schlug sie auf. „Ray Geoffrey Carson", las er, „geboren am 14. Mai 1979 in Los Angeles. Ich bin Amerikaner?" Er legte die Geburtsurkunde zur Seite, sah einen Personalausweis. Also, Deutscher? Sogar eine Sozialversicherungsnummer, eine Krankenkassenkarte! Sie hatten an alles gedacht. Ray fragte sich, ob er noch alle Fremdsprachen beherrschte und versuchte seine Papiere zu übersetzen. Es klappte. Ein Briefumschlag, mit der Handschrift von ADH 31, rutschte auf den Boden. Ray öffnete ihn.

Lieber Ray,

diese Papiere wirst du alle benötigen für deinen Start ins normale Menschenleben. Deine Multilingualität hast du behalten, deshalb wirst du als freier Übersetzer arbeiten. Ja, lieber Ray, ich nenne dich mal beim neuen Namen, in der Menschengesellschaft wirst du arbeiten müssen. Deine Begabung wird dich aber ernähren. Vielleicht findest du nach einiger Zeit eine neue Bestimmung, wer weiß. Wenn du durch die blaue Tür auf der linken Seite trittst, dann wirst du direkt zu deinem Bestimmungsort geführt. Feuerfinger wird dich erkennen und dir helfen. Ruh dich noch ein wenig aus, in 12 Stunden wird die Türe sich öffnen. Leb wohl!

Ray zog die Sachen an, die über dem Stuhl lagen und legte sich auf die Pritsche. Seine Gedanken kreisten um Joanna. Er sah im Geiste ihr Gesicht vor sich. Ihre großen schönen Augen, ihren vollen Mund, ihre Figur mit den weiblichen Rundungen. Ein nie gekanntes

Gefühl durchströmte ihn, ein flauer, dumpfer Druck in der Magengegend, ein schmerzhaftes Ziehen in den Lenden. Er bemerkte, dass sich etwas zwischen seinem Schritt regte. Überrascht stieß er einen Laut aus. Seine Hand glitt nach unten. So also fühlte es sich an! Seine Finger berührten das erigierte Glied und ihn durchfuhr ein überaus süßer Schmerz. Er öffnete hastig den Reißverschluss seiner Hose. Staunend betrachtete er den rosa pulsierenden Schaft. Er berührte vorsichtig die Spitze und ein kleiner Lustschrei war die Folge. Das also war es, was Menschen vor Lust schreien ließ! Ray erforschte die weiteren Funktionen seines neuen Körpers. Nahm den Penis fest in seine Hand, drückte, bewegte und liebkoste ihn. Dann hatte er plötzlich das Gefühl, in seinem Körper explodiere etwas, eine warme glibberige Flüssigkeit ergoss sich auf seinen Bauch. Ray keuchte, schwitzte und fühlte sich augenblicklich ruhig, entspannt und ausgesprochen wohl. So empfanden also Menschenmänner. Er

lächelte erstaunt und fand die Aussicht jetzt menschlich zu sein gar nicht schlecht.

33

Kommst du zum Meeting?" Michael steckte den Kopf
durch den Türspalt. „Gleich," Joanna sortierte noch
einige Notizen auf ihrem Schreibtisch. Fia ergriff ein
Klemmbrett und beide machten sich auf den Weg. Fia
schien seltsam angespannt und ließ ihre wachsamen
Augen hin und her schweifen. Joannas Crew hatte
schon Platz genommen. Auf der gegenüberliegenden
Seite öffnete sich eine Tür und Lucien de Natas betrat
den Raum. Joanna spürte wie Fia sich augenblicklich
versteifte und ihm gebannt entgegen sah. „Hallo Joanna, ich…" Lucien stockte mitten im Satz und wie
hypnotisiert blickte er auf den Diamanten an Joannas
Dekolletee. Der Ausdruck seiner Augen wurde gierig,
das schöne Gesicht verzerrte sich für einen Augen-

blick. Der Diamant strahlte plötzlich eine enorme Hitze aus. Joanna ergriff den Anhänger und entfernte ihn von ihrer Haut. Ein dunkelroter Fleck zeichnete sich deutlich ab. Lucien schien sich wieder im Griff zu haben, befeuchtete seine Lippen und blickte in die Runde. „Also, wie ist der Stand der Dinge?" Joanna bekam kaum etwas mit, ihre Gedanken schweiften ab. Sie schob den Ausschnitt ihres T-Shirts etwas höher, um den Diamanten darauf abzulegen. Was ging hier vor? Luciens Gesichtsausdruck hatte sie zutiefst erschreckt.

„...Schweighöfers Management hat das bestätigt. Joanna? Joanna!" Anja beugte sich vor. „'Geht's dir gut? Hast du alles mitgekriegt?"

„Wie? Ja...Schweighöfer kommt, ja!"

Lucien erhob sich. „Joanna, kommst du bitte mal in mein Büro?" Sie nickte.

Fia war sofort an ihrer Seite. Lucien drehte sich um. „Du, kleines Punkermädchen bleibst draußen!" zischte er. Fia funkelte ihn an, vom Klemmbrett stieg leichter

Brandgeruch auf. Auf dem Papier erschienen vier braune kleine Flecken. „Schon gut, Fia!" Joanna klopfte ihr auf die Schulter.

„Ich warte vor der Tür." Es klang wie eine Kampfansage in Richtung Lucien.

„Setz dich", Lucien wies auf einen Stuhl und Joanna nahm Platz.

„Einen schönen Anhänger trägst du da", meinte er beiläufig, während er auf seinem Schreibtisch herumkramte. „Aus deinem Erbe?"

„Ach, der! Nein, das ist Modeschmuck, die Farbe gefiel mir sehr gut." Lucien schaute sie unter seinen langen seidigen Wimpern an. Es war, als ob seinen Augen glühten, der Stein wurde plötzlich unerträglich heiß. Joanna konnte einen leisen Schmerzenslaut nicht unterdrücken. „Sieht so aus, als wärst du allergisch gegen den Klunker, du hast schon einen roten Fleck auf der Brust. Vor der Kamera trägst du ihn bitte nicht. Du kannst ihn mir geben, ich bewahre ihn hier auf!" Seine Stimme war immer dunkler, rauer, kratziger geworden. „Das ist nett von dir, aber du kennst uns Frauen doch, wir geben nur ungern etwas neu Erworbenes ab, schon gar nicht einem Mann!" Joanna lachte gequält. Lucien hatte seine Gesichtszüge wieder unter Kontrolle. „Gut, das wird sich zeigen. Aber was anderes: Schaff diese Lumpenpuppe da draußen weg! Kollegen haben sich schon beschwert. Sie ist fast eine optische Umweltverschmutzung. Nein, unterbrich mich nicht", als er sah, dass Joanna etwas sagen wollte, „ich weiß, was in deinem Vertrag steht. Aber die da draußen, ist ein Sonderfall." Joanna spürte wie Wut in ihr hochstieg, aber auch gleichzeitig Angst. Fia war das einzige Wesen, auf das sie sich verlassen konnte. „Nein, Lucien, nein sie bleibt! Wenn Fia geht, gehe ich auch!" Lucien blickte sie wütend an. „Sag mal, hast du ein lesbisches Verhältnis mit der da?" Er trat ganz dicht an sie heran. „Du willst mich also erpressen?" Der Stein bewegte sich plötzlich. Er hüpfte förmlich auf ihrem Dekolletee und verursachte bei jeder Berührung mit der Haut kleine Brandblasen.

Lucien erbleichte. Er konnte den Blick nicht vom Diamanten wenden. Seine Hand zitterte in seine Richtung, konnte den Stein aber nicht berühren, auch wenn er sich redlich bemühte. „Fia," rief Joanna und die Tür sprang sofort auf. Lucien wich abrupt zurück. Fia umschloss den Anhänger mit ihrer bloßen Hand. Es qualmte ein bisschen, roch nach verbranntem Horn, dann war der Spuk vorbei. Lucien rang kurz nach Fassung, dann war er wieder der Alte. „Ihr könnt gehen, raus mit euch!"

Auf dem Flur beugte sich Fia besorgt vor. „Geht's?" Joanna nickte. „Das war so merkwürdig!" Der Stein lag wieder glatt und kühl auf der Haut. „Der Diamant hat geglüht, er war kochendheiß…"

„Ich weiß, ich hatte ihn in der Hand." „Glaubst du", flüsterte Joanna, „ glaubst du, er ist es?" Sie blickte auf die geschlossene Tür.

„Ich bin mir fast sicher," sagte Fia. Joanna atmete schwer. „Bin ich in Gefahr?"

„Ich fürchte, ja!" Fia zog Joanna hinter sich her in Richtung Büro. Dort angekommen schloss sie die Tür hinter beiden und verriegelte sie.

„Warum nimmt er sich den Stein, denn nicht einfach? Ich denke er ist so mächtig? Ich versteh das nicht!" Joanna blickte Fia ratlos an. Lucien sollte Satan sein? Dieser schöne Mann mit dem Gesicht eines starken Engels? Engel? Was hatte Ray gesagt? Luzifer war einer der schönsten Engel.

„Du müsstest ihm den Stein persönlich geben. Es war ehemals eine Träne und das bedeutet Gefühl, menschliche Gefühle…die hat er nicht. Er muss die Träne freiwillig aus den Händen eines Menschen er- halten."

„Aber dann ist doch alles gut, ich gebe sie ihm einfach nicht!"

„Du ahnungsloses Schäfchen! Er wird Mittel und We- ge finden, dich und alles was du liebst zu drangsalie- ren…"

*

Lucien kochte vor Wut. Er trat ein kleines Tischchen beiseite. Die Blumenvase darauf zerbarst in tausend kleine Scherben. Der Raum wurde dunkel, nur Lucien stand in strahlend gleißendem Licht. Mit einem Wutschrei hieb er auf seinen Schreibtisch, fegte mit einer Handbewegung Telefon, Kalender und diversen Kleinkram zu Boden. Schwer atmend warf er sich in den Schreibtischsessel. So nah, war er an der Erfüllung seiner Wünsche, so nah. Und jetzt sollte ihm dieses kleine Miststück von Feuerfinger alles kaputt machen? Wo war bloß dieser Ray? Der hing ihm doch sonst auch noch im Nacken.

„Ich kenne dich!", stieß Lucien aus, „aber woher?" Er riss die Tastatur seines PC zu sich heran. Besancourt gab er ein. Er durchforstete das Internet und stieß auf das Jahr 1889. Victoria van Leeuwen? Van Leeuwen! Eduoard, dieser hässliche Gnom, der diese atemberaubende Frau geheiratet hatte! Und da war dieser gutaussehende dunkle Kerl…wo noch mal? Ah ja, bei

diesem Duell…Erregt sprang Lucien auf. „Er ist es!"
Ray war dieser Mann, der versucht hatte die Kugel
aus der Duellpistole von diesem Kleckser abzulenken.
„Wo steckst du jetzt?" Lucien ahnte, dass neben Feuerfinger, Ray sein weiterer Gegner sein würde.

Michael war auf dem Weg zu Luciens Büro. Schon
von weitem hörte er Lärm, unartikulierte Laute. Er beschleunigte seinen Schritt. An der Tür angekommen,
versuchte er diese öffnen. Sie war verschlossen. Unter dem Türspalt sah er helles weißes Licht. Michael
klopfte, erst zaghaft, dann mutiger. „Hallo? Lucien?"
Der Krach verstummte. „Verschwinde!"

Michael zuckte mit den Schultern und wandte sich
zum Gehen. Auf halbem Weg öffnete sich die Tür abrupt und Lucien pfiff ihn zurück. „Halt, komm rein!" Michael wurde in den Raum gezerrt. Verwundert sah er
sich um. Auf dem Fußboden herrschte Chaos. „Was
ist…" setzte er gerade an. „Vergiss das! Was hast du
heute Abend vor?"
„Nichts!"

„Sehr gut, dann bist um halb acht bei mir, wir machen Joanna einen Antrittsbesuch!" „Muss ich was mitbringen?" „Nein, das mach ich und nun verschwinde wieder!" Er schob Michael wieder zur Tür hinaus.
„Ich muss noch ein paar kleine Besorgungen machen!" Dabei grinste er höhnisch.

34

Mit einem metallischen Klicken sprang die blaue Tür einen Spalt breit auf. Ein kalter Luftzug erreichte Ray. Er schwang die Beine von der Pritsche, reckte sich und ergriff den Koffer. Ein seltsames Gefühl in der Magengegend machte ihm zu schaffen. Es war als raunten die Wände ihm zu: „Das siehst du alles zum letzten Mal, es gibt kein Zurück!" Er atmete tief durch und öffnete die Tür ganz. Ein frischer Wind blies ihm entgegen. Was hatte ADH 31 gesagt, einfach durch diese Tür gehen und Feuerfinger würde ihn schon erwarten? Beherzt vollführte er den Schritt in sein neues Leben. Es war als glitte er in die Schwerelosigkeit. Er schien durch Zeit und Raum zu fliegen.

*

Olli Leike schob eine Kiste mit Postkarten in Joannas Büro. „So, das sind die letzten für heute. Anja hat schon ein Auswahl bei den emails getroffen."

Olli wuchtete die Karten auf den großen Tisch. „Alles Bewerber für Happy Hour." Jeder zog einen Stapel Karten zu sich heran und begann zu sortieren. Fia hielt mittendrin inne. „Kommst du einen kleinen Moment alleine klar?" fragte sie Joanna. Diese nickte. „Wenn du zu ihm kommen sollst, dann weigere dich, erfind irgendwas, geh nicht zu ihm", warnte Fia eindringlich, „ich bin ganz schnell wieder da." Beunruhigt sah Joanna ihr hinterher.

*

Fia beeilte sich und kam gerade rechtzeitig an Joannas Wohnung an. Es polterte gewaltig und draußen vor der Haustür tauchte aus dem Nichts ein Mann mit einem Koffer auf. „Hallo Ray," begrüßte sie den Ankömmling. Seine braunen Haare waren gewachsen und hingen ihm jetzt wirr in die Stirn. „Hallo", er lächelte erschöpft zurück. Fia reichte ihm die Hand. „Komm rein." Sie zog ihn mit sich ins Haus.
„Hier wohnt deine Joanna jetzt. Ich muss zu ihr zu-

rück. Du kannst dich ja hier umsehen. Sie haben dir hoffentlich alles beigebracht!" lächelte Fia. Ray nickte.

„War ganz schön hart, was?" Fia legte ihm eine Hand auf die Schulter. „Du bist nicht mein erster Menschgänger. Die Narbe auf deinem Brustkorb wird bald verblassen, deine Körperfunktionen sind fast im normalen Bereich und in ein paar Monaten wirst du alles vergessen haben, was jemals dein vorheriges Dasein ausgemacht hat. Ruh dich aus. In zwei Stunden bin ich zurück…mit deiner Joanna!"

Als Fia gegangen war, streifte Ray durch die Wohnung. Er sah das provisorische Bett und griff nach dem Kopfkissen. Er presste sein Gesicht hinein und sog Joannas Duft ein. Mit dem Kissen im Arm wanderte er weiter. Sein Blick fiel auf einen halb ausgepackten Karton mit gerahmten Fotos. Joanna lächelte ihn aus einem schwarzen Bilderrahmen an. Er betrachtete die Fotografie. Für diese Frau hatte er sein ganzes vorheriges Dasein aufgegeben. Er spürte ein Verlangen, das er in seiner ganzen Intensität zum ersten Mal wahrnahm. Zärtlich fuhr er mit den Fingerspitzen über ihren Mund, über ihre Wangen, die Augenbrauen…Ray stöhnte. Diese Frau war so tief in seiner Seele. Er spürte wie sein Körper reagierte.Überwältigt von dieser Gefühlsregung ließ er sich auf einem Stuhl nieder. So also fühlte sich das an! Eine Mischung aus Schmerz, freudiger Erwartung und ein weiches Gefühl in den Kniekehlen.

„Wo warst du denn?" fragte Joanna, als Fia wieder den Raum betrat. Die griente sie fröhlich an. „Ich musste was regeln, was Schönes!"Joanna ließ sich von dieser Fröhlichkeit anstecken.
„Was habe ich eigentlich noch zu essen im Haus? Ich besorge gleich etwas. Es ist so schade, dass du nichts isst, dir entgeht was"!
Joanna dachte an Ray und als sie mit ihm das gleiche Gespräch geführt hatte. Ray, wann würde sie ihn endlich wiedersehn? Fia entging der sehnsüchtige Blick nicht und sie schmunzelte stillvergnügt in sich hinein.

.

Fia schloss die Wohnungstür auf. Joannas Kopf war hinter den Einkaufstüten verborgen. „Es wäre wohl besser, wenn ich sie ihr vorher abnehme", dachte Fia, denn plötzlich stand Ray in der Diele. Joannas Augen wurden groß, rund, staunend und dann ließ sie die Tüten los, die Fia gerade noch auffangen konnte. Joanna rannte zu Ray und sprang ihm um den Hals. „Du bist wieder da, du bist wieder da", jubelte sie, während sie sein Gesicht in ihre Hände nahm. Dann hielt sie verlegen inne. Ray schloss sie in die Arme. Augenblicklich verspürte Joanna wieder dieses wohlige Geborgenheitsgefühl. „Ich habe dich so vermisst", flüsterte sie. Seine warmen goldbraunen Augen liebkosten ihre Gesichtszüge. „Ähemm," räusperte sich Fia, „ich möchte ja nicht stören, aber sollten wir nicht ins Wohnzimmer gehen? Oder wollt ihr weiter zwischen den Einkaufstüten stehen?" Beide lachten. Joanna räumte alles in die Schränke und zog eine Flasche Prosecco aus dem Kühlschrank. „Ray, kannst…darfst…du was trinken?" Ray lächelte. „Ja, ich bin jetzt ein normaler Mensch. Mit allen Funktionen." Dabei funkelte er sie vergnügt an.

Joanna bemerkte den Anflug von Röte in ihrem Gesicht.

„Denk an was anderes, denk an was anderes", dachte sie und konzentrierte sich auf die Gläsersuche.

„Ich habe noch eine Kleinigkeit zu erledigen."
Fia wandte sich der Wohnungstüre zu. „Macht nicht die Tür auf, solange ich nicht wieder da bin!" Mit den gefüllten Gläsern wies Joanna ins Wohnzimmer und zog Ray zum Sofa. „Es ist so unfassbar schön, dass du wieder da bist!" Sie stießen an. Beide stellten die Kelche gleichzeitig ab. Ihre Blicke saugten sich aneinander fest. Seine Arme umschlangen sie und sein Mund suchte den ihren. Der Kuss war leidenschaftlich, fordernd. Joannas Zungenspitze erforschte seine

Mundhöhle. Er löste sich und seine Lippen glitten über ihre Wange zum Ohr. „Ich bin verrückt nach dir, ich kann an nichts anderes mehr denken als an dich!" Sein Atem war heiß, seine Stimme vor Erregung heiser. Rays Hände glitten unter ihr T-Shirt, streichelten ihren Rücken. Joanna knöpfte sein Hemd auf. Legte ihre Hände auf seine muskulöse Brust. In einer atemberaubenden Geschwindigkeit landeten sowohl seine als auch ihre Kleidungsstücke auf dem Boden. Ray konnte seinen Blick nicht von Joannas Körper wenden. „Du bist so schön!" Er wanderte mit seinen Lippen von ihrer Halsbeuge zum Brustansatz, seine Zunge liebkoste die Brustwarzen, die sich ihm entgegenreckten. Joanna stöhnte auf, als er ihren Bauchnabel erreichte und züngelnd in ihrem Schoß landete. Sie umfasste seinen Kopf und lotste ihn wieder nach oben. Mit einer Hand umfasste sie seinen samtigweichen, pulsierenden Penis und lenkte ihn zum Zentrum ihrer Lust. Als er in sie eindrang, gab es nur noch Ray und sie. Sie waren eine Person, eine Einheit, verschmolzen in einem brennenden Verlangen, das in einem grandiosen Höhepunkt gipfelte.

Schwitzend, erschöpft und überglücklich lagen sie sich danach in den Armen. „Das war…das war fantastisch!" Rays Augen leuchteten, er küsste Joanna zärtlich. Sie richtete sich auf und lächelte. „Wir sollten uns wieder anziehen, sonst weiß Fia nachher nicht wo sie hingucken soll."

Sie hatten gerade ihre Kleidung wieder angezogen, als Fia auftauchte. Sie grinste wissend. Joanna strich sich verlegen eine Haarsträhne hinters Ohr.

„Was meinst du wohl, warum ich gegangen bin? Ich freu mich doch für euch! Aber jetzt solltet ihr endlich anstoßen!"

Als der Prosecco in den Kelchen perlte und sie gerade die Gläser hoben, ging die Türklingel. Fia öffnete. Draußen standen Lucien und Michael, der eine mit Wein, der andere mit Häppchen. Ohne sie zu beachten, schlüpften die beiden an ihr vorbei in die Wohnung.

„Joanna, meine Liebe, ich dachte wir begießen deinen Einzug." Lucien ergriff Joannas Hand und führte sie an seine Lippen. „Als Vermieter, aber auch als Mann, mache ich dir meine Aufwartung!" Michael stand daneben mit einem treuen Dackelblick und hielt ihr die Platte mit den Schnittchen unter die Nase. Joanna war überrascht, lieber hätte sie den Abend mit Ray verbracht, aber Lucien war ihr Vermieter und Chef. Also bat sie beide herein. Fia lehnte lässig an der Türzarge und erwiderte die ärgerlichen Blicke der Beiden mit einem spöttischen Lächeln.

„Geht schon mal durch, ich hole Gläser." Joanna verschwand in der Küche. Der Anhänger hatte wieder zu glühen begonnen. Joanna nahm ihn ab und legte ihn in das Eisfach. „Vorsichtshalber, „dachte sie.

Als Lucien charmant weiter plaudernd das Wohnzimmer betrat, fiel sein Blick auf Ray. „Du?" zischte er. Ray durchzuckten gleichzeitig Schrecken als auch

Wut. Am besten er stellte sich erst einmal dumm. Er lächelte.

„Kennen wir uns?" Lucien kniff die Augen zusammen. Erkannte der Kerl ihn wirklich nicht? Joanna kam mit den Gläsern herein. „Lasst uns zuerst mit dem Prosecco anstoßen." Michael hatte bereits die Flasche ergriffen und schenkte ein, dabei bemerkte Fia wie seine Hände zitterten. „Dann lasst uns anstoßen!" Lucien erhob sein Glas. Er bemerkte den besorgten Blick, den Ray Joanna zuwarf. Die lächelte gequält und prostete zurück. „Wir sollten auch die ausgezeichneten Häppchen probieren und den Wein! Wo hast du einen Öffner, Joanna?" Lucien mimte den Gastgeber. Als Joanna sich der Küche zuwandte, um den Korkenzieher zu holen, hielt er sie am Arm fest. „Lass nur das mache ich!" Mit diesen Worten entschwand er Richtung Küche. Ray erhob sich und folgte ihm.

„Was willst du von ihr?" fragte er aufgebracht.

„Ah, wir erinnern uns! Das freut mich!" Lucien drehte den Öffner in den Korken. „Gegenfrage: Was willst du von ihr?" „Ich…ich…" stammelte Ray.

Lucien trat ganz dicht an ihn heran und schaute ihm in die Augen. „Ich fass es nicht! Das glaube ich ja nicht! Du bist ein Mensch!" Dann legte er den Kopf in den Nacken und lachte schallend. „und du bist eindeutig verliebt, ach, ihr armen Toren! Die Liebe, die Liebe ist eine Himmelsmacht", proklamierte er spöttisch. „Das macht meine Mission um ein vielfaches leichter. Als Menschlein solltest du dich mit mir nicht mehr anlegen!"

„Aber mit mir vielleicht?" Fia hatte das Gespräch belauscht. „Zieh Leine, Feuerfinger. Meinst du ich bin beeindruckt von deiner Pyrotechnik-Show?"

„Leg dich nicht mir an!" fauchte sie. Ein feiner Funkenregen sprühte in seine Richtung.

Michael hatte die Szenerie mit deutlichem Unbehagen beobachtet. Joanna hatte die Schnittchen und Gläser

auf dem Tisch sortiert und war völlig ahnungslos.
„Joanna?" Sie wandte sich ihm zu. „Ja?" „Joanna,
egal was passiert, denke immer daran ich...ich wollte
das nie. Ich bin kein schlechter Mensch, ich wollte und
will dir niemals wirklich richtig wehtun, aber..." „Aber?"
„Ich habe einen Fehler gemacht..." „Aber mein Lieber,
Fehler machen wir doch alle mal!" Lucien stand im
Türrahmen und sein Mund war zu einem verächtli-
chen Lächeln verzogen. Michael zog den Kopf zwischen die Schultern. „Schenk uns lieber ein und pro-
biert mal diesen Wein, es ist als würde euch ein Engel
auf die Zunge pinkeln!" Er grinste Fia unverschämt an.
„Verzeihung", er hob das Glas in ihre Richtung, „*du*
trinkst ja nichts!" Er baute sich vor ihr auf und provo-
zierte weiter. Ray und Joanna sahen sich an und stellten sich neben Fia. Joanna spürte das innerliche Beben und die Selbstbeherrschung, die Fia an den Tag
legte. „Es ist angerichtet..." Michael drückte Joanna
und Ray ein Glas Wein in die Hand.

„Also, jetzt wollen wir doch auf eine gute Nachbarschaft trinken, auf den Erfolg beim Sender und auf eine wunderschöne Frau, nicht wahr, Ray?" Lucien hob
das Glas und trank. Bis auf Fia folgten alle seinem
Beispiel.

Der Wein schmeckte köstlich, Lucien hatte nicht übertrieben. Joanna spürte plötzlich eine Leichtigkeit, ein
Schweben- von weitem hörte sie ein Lachen.

35

Joanna öffnete langsam die Augen. Es war dunkel und schwül-warm. Ihre Wange lag auf einem kalten, feuchten Steinboden. Vorsichtig richtete sie sich auf. Ein Klirren war dicht an ihrem Ohr. Als sie sich gänzlich aufsetzte wurde ihr rechter Arm nach hinten gerissen. Fassungslos betastete sie ihr Handgelenk. Eine Art eisernes Armband lag darum und eine schwere Kette daran endete an der Wand. Langsam gewöhnten sich ihre Augen an das Dämmerlicht. Ihre freie Hand erforschte die Wand hinter ihr. Glatter feuchter Felsen, ein eiserner Ring, an dem die Kette hing, eine hauchdünne Schicht Stroh auf dem Boden, sonst nichts. „Hallo", rief sie, hallo, hört mich jemand?" Ein kaum wahrnehmbarer Laut, eher ein Röcheln, Gurgeln, drang an ihr Ohr. Angst machte sich in ihr breit. „Wer ist da?" fragte sie nochmals zaghaft. Plötzlich schwang eine Tür auf und eine einzelne Glühbirne, die von der Mitte der Decke herabbaumelte, flammte auf und beleuchtete einen Mann, der direkt darunter auf einem Stuhl saß. Ray! Das war Ray! „Was ist mit dir? Was haben sie dir getan?" Joanna schossen Tränen in die Augen. Im Rechteck der offenen Tür lehnte Lucien lässig, mit einem spöttischen Lächeln auf den Lippen. „Na, endlich aufgewacht?" „Lucien, was soll das alles? Wo sind wir?"

„Sagen wir mal, ihr seid bei mir und meine Liebe, ihr könnt sofort gehen, wenn du mir das gibst, was ich haben will!" „Devils Tear", hauchte Joanna. „Kluges Kind!"

„Warum hast du Ray dort gefesselt, er hat damit nichts zu tun!"

„Ach ja, richtig! Jetzt hat er damit nichts mehr zu tun, aber ich hatte noch eine alte Rechnung offen, nicht wahr, alter Knabe?" Bei diesen Worten holte er mit aller Kraft aus und schlug Ray ins Gesicht. Dessen Kopf flog zur Seite und aus einer bereits geplatzten Augenbraue floss erneut Blut. Rays Augen waren bereits geschwollen, er blutete aus Nase und Mund.

„Hör auf damit!" Joannas Stimme überschlug sich. Sie zerrte wie verrückt an ihrer Kette. „So eine Angst hast du vor mir, dass du mich in Ketten legen musst?"

„Ich wollte nur verhindern, dass du fliehst!"

„Woher soll ich denn wissen, wo ich lang gehen muss? Und außerdem, glaubst du vielleicht ich würde ohne Ray gehen?"

„Ach ja, ich vergaß: Die Liebe ist eine Himmelsmacht", spöttelte Lucien.

„Mach! Mich! Sofort! Los!" Jedes Wort setzte Joanna mit Nachdruck. „Du bekommst, was du willst!" Ray rührte sich auf seinem Stuhl.

„Tuusnich, du weisswas wassiert…", nuschelte er.

„Lass mich nur machen! Und jetzt schließ verdammt noch mal diese Kette auf!" Woher sie den Mut plötzlich nahm, konnte sie nicht sagen. Lucien schaute sie überrascht an.

„Da schau her!" Er sagte es leise und gedehnt, fast ungläubig. „So viel Courage habe ich dir gar nicht zugetraut."

„Lucien, wie kann es sein, dass so ein gut aussehender, erfolgreicher Mann so bösartig ist? Was ist dir passiert, dass du so geworden bist?" Erst schaute er sie ungläubig an, dann lachte er schallend.

„Soll ich dir das wirklich erzählen?"

„Ja, bitte erzähl es mir!" Er kam auf sie zu und setzte sich neben sie. „Unterbrich mich ruhig, Menschenengel, wenn ich was Falsches sage!" Diese Ansage ging in Rays Richtung.

„Jesus dürfte dir ja wohl ein Begriff, oder?" Joanna nickte.

„Ich war mal der Lieblingsengel seines Vaters, bis er kam. Da hieß es dann Jesus vorne, Jesus hinten, Jesus überall. Von Stund an wurde nur noch davon gelabert, dass der Mensch das höchste aller Gottesgeschöpfe sei, während wir Engel keinerlei Freiheiten besaßen."

„Aber du hast doch große Macht! Du, aber auch Fia, also Feuerfinger oder Ray ..."

„Ach ja? Wir mussten und müssen tun, was ER dort

oben befiehlt. Da ist kein Glanz oder Gloria und das ewige Hosianna und Gott zu Ehren, geht einem sowas von auf den Geist! Also, habe ich mehr Mitbestimmung verlangt. Einige Freiheiten, die ihr auch habt, zu lieben zum Beispiel. Aber er ist ja so stur. Dann dachte ich, ich könnte Jesus auf meine Seite ziehen, aber der war genauso resistent wie sein Vater. Lange Rede, kurzer Sinn, ich bekam Hausverbot und wurde zur Persona non grata. Ein Paar meiner Anhänger wurden ebenfalls rausgeschmissen!" Hinter der Wut in seinen Augen, vermeinte Joanna auch so etwas wie Trauer zu erkennen. Sie legte eine Hand auf seinen Arm.

„Dann bist du also Luzifer?"

„Lucien, Luzifer…macht es da oben klick?"

„Lucien, du bist zwar kein strahlender Engel mehr, aber du könntest doch auch etwas ändern!"

„Und das wäre?"

„Hör auf damit die Menschheit zu plagen, zu verführen, ihnen Schlimmes anzutun!" Er lachte freudlos.

„So schlimm bin ich überhaupt nicht. Ich habe nur das Talent, eure dunkle Seite wach zu kitzeln. Und wenn ihr euch dann schlecht benehmt, dann ist es doch wunderbar, wenn da so einer wie ich ist, dem ihr alles in Schuhe schieben könnt. Und das, meine Liebe, hat mich schon seit über zweitausend Jahren wütend gemacht. Und deshalb macht es mir einfach Freude, wenn Menschen mich hofieren, wenn ich die sieben Todsünden in ihnen wecken kann und sehe wie sie sich gegenseitig vernichten!" Lucien hatte sich in Rage geredet, seine Augen glühten fanatisch und er gestikulierte mit seinen Händen.

„Aber weshalb willst du dann den Diamanten?"

„Er gibt mir die Macht zurück, die Macht meinen alten Mäzen dort oben zu bekämpfen, das Armageddon ist mein Ziel!" Er erhob sich breitete die Arme aus und legte den Kopf in den Nacken. Seine Gestalt war in ein glühendes Licht getaucht. Seine Stimme dröhnte von den Wänden zurück.

„Dann existiert nur noch meine Welt, unter meiner

Herrschaft!"

„Aber wie soll die denn aussehen, Lucien? Wo haben wir denn unseren Platz in deiner Welt?" Er hielt inne und beugte sich zur ihr hinunter. „Es wird dunkel sein in dieser Welt, dunkel, ohne Sonne und ohne Wärme. Die Menschen werden funktionieren, Liebe und Eifersucht sind dann nicht mehr, die Wollust wird regieren, meine Welt wird produktiv sein, reich sein, die Bevölkerung wird sich nicht mehr unkontrolliert vermehren und vor allen Dingen, wird er da oben schäumen vor Wut! Und jetzt holst du das, was ich haben will!"
Mit einer Handbewegung öffnete er die eiserne Manschette an Joannas Handgelenk. Er umfasste ihre Schultern und zog sie zu sich heran. „Und du…bleibst dann einfach bei mir!" Sein Mund war an ihrem Ohr, liebkoste ihre Halsbeuge und senkte sich auf ihren Mund.
Joanna keuchte: „Warum sollte ich?"
„Ich biete dir die Unsterblichkeit! Wir werden ewig leben!" Joanna stemmte sich mit aller Macht gegen sei-

ne Brust.

„Und wenn ich das gar nicht will?"

„Ewiges Leben, ewige Jugend, ewige Leidenschaft, das lehnst du ab?" Luciens Blick war voller Unglauben. Er folgte ihrem Blick, der voller Liebe und Sorge an Ray hing. Lucien sprang auf, trat gegen den Stuhl und brachte ihn zum Umfallen, dann trat er mit voller Wucht gegen Rays Schädel. „Nein!" schrie Joanna und sprang ihn an. Mit einer Hand griff er unter ihre rechte Achsel, hob sie hoch und schleuderte sie in Richtung Tür.

Sein Gesicht hatte sich zu einer Fratze verzogen.
„Geh! Und komm ja nicht ohne meinen Stein zurück!"
Joanna rappelte sich auf.
„Und wenn ich es nicht tue?" schrie sie wütend zurück.
„Dann", Lucien warf einen flammenden Blick auf den am Boden liegenden bewusstlosen Ray, „stirbt er! Noch bevor er richtig gelebt hat! Und das ist ein weiterer kleiner Vorgeschmack!" Er strich mit der Hand

über die Felswand und eine Art riesiger Bildschirm öffnete sich. „Das, meine Liebe, ist gerade Realität!" Joanna sah einen entsetzlichen Sturm, der über einer Stadt wütete. Bäume knickten wie Streichhölzer, wurden entwurzelt, schlugen auf Autos. Ein Mann versuchte verzweifelt davonzulaufen, aber ein schwerer Ast erschlug ihn. Das Bild wechselte. Sie sah Menschen, die in reißenden Wassermaßen um ihr Leben kämpften, Menschen, die von anderen Menschen gefoltert wurden. „Hör auf, hör auf damit...", schrie sie. Die Bilder verschwanden. Lucien drehte sich um.

„Jetzt weißt du, was ich alles bewegen kann. Bring mir den Diamanten! Michael!", brüllte er. Im Türrahmen tauchte der Gerufene auf.

„Begleite sie und sorge dafür, dass sie mir den Stein bringt!"

36

Michael streckte Joanna die Hand entgegen, die sie geflissentlich übersah. Er ging ihr voraus über eine schier endlos erscheinende Steintreppe. Schnaufend erreichte Joanna das Ende der Treppe. Durch einen schmalen gewundenen Gang erreichten sie eine Tür, die nach außen aufschwang. Beide standen im Stadtgarten zwischen Büschen.

„Komm, wir müssen uns beeilen. Lucien ist sehr ungeduldig!" drängelte Michael und zog Joanna mit sich.

„Michael, Michael, bleib doch mal stehen."

Joanna versuchte ihn aufzuhalten.

„Michael, es kann doch nicht sein, dass du sein Stiefellecker geworden bist!"

Michael fuhr herum. Sein Gesicht war nah an ihrem.

„Durch ihn bekomme ich, was ich will!" Joanna schaute ihm prüfend in die Augen. „Außer mich, stimmt's?"

Sein Gesicht wurde dunkelrot und seine Lippen waren nur noch ein schmaler Strich. Joanna schüttelte den

Kopf.

„Ha, Bingo! Spinnst du eigentlich? Nur aus diesem Grund sich mit ihm zu verbünden?"

„Es war nicht nur dieser Grund, das weißt du ganz genau. Ich hatte Schulden und die hat er übernommen und deshalb diene ich ihm und jetzt komm endlich!" Grob ergriff er ihre Hand und schleifte Joanna mit.

Als sie vor der Wohnungstür standen, bemerkte Joanna deutlichen Brandgeruch. Mit zitternden Fingern schloss sie auf. Die Diele zeigte Spuren eines heftigen Kampfes, Brandspuren an der Wand, eine zertrümmerte Vase und ein klebriger langsam eintrocknender Schaumteppich. „Fia? Fia wo bist du?" Aus der Küche war ein dumpfes Röcheln zu hören. Auf dem Boden lag Fia, der Körper überzogen mit Löschschaum. Joanna kniete sich neben ihr nieder. „Hörst du mich? Fia? Was stehst du da so blöd rum, Michael? Bring mir Wasser und Handtücher."
Er verschränkte seine Arme vor der Brust. „Ich?

Nichts dergleichen, meine Liebe. Dieses kleine Miststück hat nur Ärger gemacht. Selbst schuld, dass sie
jetzt aussieht wie ein schmutziger Lappen!"

Joanna sprang auf, stieß ihn beiseite und holte aus
dem Bad Eimer und Tücher. Vorsichtig säuberte sie
Fias Gesicht. Ihre Lippen waren schwarz, ihr Atem
ging stoßweise, ab und zu drang ein gequälter Laut
aus ihrer Kehle. „Was hat er dir angetan?" flüsterte
Joanna entsetzt. Fias Fingerkuppen waren ebenfalls
schwarz. Der klebrige Belag ließ sich nur mühsam
entfernen. Im Hintergrund drängelte Michael.

„Jetzt mach mal voran, uns bleibt nicht mehr viel Zeit!
Wir sollen um sechs auf der Klippe sein!" „Klippe?
Welche Klippe denn?"

„Wir fahren ans Meer. Er braucht einen bestimmten
Punkt für die Übergabe!"

„Aber das hat er in der Vergangenheit doch auch nicht
gebraucht!

„Bei diesem ist es aber etwas Besonderes, es ist der
Letzte in der Reihe, vermutlich deshalb. Und jetzt mal

zackig, wir haben nur noch vier Stunden!"

Joanna fuhr herum. „Er bekommt den Stein, wenn ich hier fertig bin!"

„Armer Ray". Michael lächelte böse, „ich hoffe, er hat eine gute Konstitution!" Joannas Herz krampfte sich zusammen. Sie mochte gar nicht darüber nachdenken, was dieses Scheusal ihm alles antun konnte. Aber Fia brauchte jetzt ihre Hilfe, sonst würde das Lichtwesen sterben. Sie zog ihr die Kleider aus. Fias Körper war übersät mit schwarzen Flecken. Joanna sog scharf die Luft ein. Als sie mit der Waschung fertig war, suchte sie ein weites Nachthemd aus dem Kleiderschrank und zog es Fia an. Nichts sollte jetzt einschnüren oder drücken. Dann hob sie unter Auferbietung aller Kräfte, den zarten Körper hoch und trug ihn zum Sofa. Fia stieß einen langgezogenen Seufzer aus. Joanna küsste sie auf die Stirn. „Ich muss jetzt gehen. Ich hoffe, wir sehen uns wieder."

Dann nahm sie den Stein aus dem Versteck im Kühlschrank und legte ihn um.

*

Ein kräftiger Wind trieb dunkelgraue Wolken vor sich
her. Der Sturm zerrte an Joannas Kleidern. Sie fror.
Auf dem Plateau der Klippe gab es keinerlei Schutz
vor dem Wetter. Das Meer unter ihr tobte und toste,
die grauen, hohen Wellen hatten weiße Schaumkro-
nen. „Wo ist er denn?" schrie sie Michael zu. Der
Sturm riss ihr die Worte von den Lippen, dennoch hatte Michael sie verstanden. Er wandte sich um und
wie aus dem Nichts tauchte Luciens Gestalt auf. Über
seiner linken Schulter hing Ray, leblos wie ein Mehl-
sack. Seine erschlafften Arme schlugen im Takt von
Luciens Schritten gegen dessen Kniekehlen. Er warf
ihn unsanft zu Boden. Joanna wollte auf ihn zu stürzen, aber Michael hielt sie mit beiden Armen fest. Mit
einem strahlenden Lächeln kam Lucien auf sie zu.
„Lass sie los, Michael."
Und an Joanna gewandt:
„Du kannst dich jetzt von ihm verabschieden, er hat

dieses irdische Leben bereits hinter sich."

Mit einem Aufschrei rannte Joanna zu Ray, sank neben ihm auf die Knie und umfasste seinen Oberkörper. Es fühlte sich an, als sei kein Knochen in seinem Körper mehr heil. Sie küsste sein geliebtes Gesicht und Tränen tropften darauf. Wie durch einen Schleier blickte sie zu Lucien hinauf. Da stand ein bildschöner Mann vor ihr, dessen langes honigblondes Haar im Wind wehte, dessen feurige Augen ihren Körper abtasteten und der mit ausgebreiteten Armen auf sie wartete. Langsam erhob Joanna sich und brüllte ihn an: „Du Scheusal, du Ausgeburt der Hölle!" Lucien hob arrogant eine Augenbraue. Aber Joanna war noch nicht fertig.

„Du willst über allem stehen, du? Dieses Werk dort", sie deutete auf Ray," ist ein Werk kleinlicher Eifersucht! Eine doch wohl sehr menschliche Regung, oder? Du bist nichts anderes als ein gefallener Engel, ein greinendes, schmollendes Kind, das auf Papas Schoß möchte!"

Wut zeichnete sich auf Lucien Gesicht ab. Seine ebenmäßigen Züge verzerrten sich. Er holte aus und schlug ihr mit der Hand ins Gesicht. Auf Joannas Wange bildete sich ein roter Fleck. Jetzt stand er dicht vor ihr und sein Atem roch unangenehm nach Schwefel. „Und jetzt gib mir, was ich will!" Fordernd streckte er die Hand aus. Joanna spürte Michael dicht in ihrem Rücken. Sie fühlte sich wie ein Tier in der Falle. Joannas Selbsterhaltungstrieb war aber noch lange nicht gebrochen. Mit beiden Händen stieß sie den überraschten Lucien von sich. „Dir habe ich einmal geglaubt, dich habe ich geküsst, aber du hast nur belogen und betrogen. Warum sollte ich dir jetzt noch den Diamanten geben? Du hast auch Michael betrogen! Gib es zu, dass du ihn in die Schuldenfalle gelockt hast, um ihm dann großzügig die Schulden zu begleichen!" „Und wenn schon…"

Weiter kam er nicht, ihr Bluff hatte funktioniert. Michael stürzte sich auf ihn. „Ist das wahr? Ist das wahr? Du Drecksau!" Mit einer Handbewegung schleuderte Lucien ihn zur Seite. Michael schlug mit dem Kopf auf den Boden. Er blutete, war aber nicht bewusstlos. „Er wird der Nächste sein", schrie Lucien ihr entgegen. „Ich werde solange Menschen aus deinem Umfeld einen nach dem anderen umbringen, bis du den Stein rausrückst."

Joanna riss sich den Diamanten vom Hals. Er war glühend heiß, aber sie biss die Zähne zusammen. „Du wirst ihn niemals kriegen!" Sie holte aus und schleuderte den Stein soweit es ging über den Rand der Klippen ins Meer. „Nein!" Mit einem lauten Schrei sprang Lucien in die Flugbahn des Diamanten. Alles spielte sich jetzt rasend schnell ab. Michael hatte sich aufgerappelt und rammte seinen verletzten Schädel in Luciens Magengrube. Für einen Augenblick schienen alle drei wie erstarrt, während sich der orangerote Stein in einem sanften Bogen den Wellen näherte. Das Wasser gischte an den Klippen hoch und Devils Tear verschwand in seinem nassen Grab. Lucien versetzte Michael einen derben Tritt, der ihn einige

Meter weit schleuderte und stürzte sich auf Joanna. Sie fühlte seine Hände an ihrem Hals, rang mit ihm, fiel nach hinten über und riss ihn im Fallen mit. Verzweifelt strampelte Joanna mit den Beinen, versuchte die Hände von ihrem Hals zu zerren. Panik kochte in ihr hoch, vor ihren Augen waren rosa Nebelschwaden. „Wehr dich!" schien Ihr Körper zu schreien und plötzlich handelte sie instinktiv. Sie holte mit beiden Händen aus und schlug, mit der ihr noch verbleibenden Kraft, voller Wucht, Lucien links und rechts auf die Ohren. Die würgenden Hände ließen ihren Hals augenblicklich los und Joanna robbte nach Luft ringend zurück. Aber Lucien setzte ihr nach. Er hatte bereits ihre Füße erreicht, aber seine Hände griffen ins Leere. Michael hatte sich an seine Beine gehängt und rutschte mit seinem ganzen Körpergewicht an den Rand der Klippe. Lucien ruderte mit den Armen, versuchte den lästigen Menschen an seinen Beinen wegzutreten, aber Michael krallte sich verbissen an ihm fest. Zentimeter für Zentimeter näherten sich beide dem Abgrund. Joanna wollte ihnen etwas zurufen, aber aus ihrer lädierten Kehle kamen nur Krächzlaute. Sie sah Michaels schmerzvolles Gesicht, Luciens ungläubig aufgerissene Augen über den Rand verschwinden. Das Tosen des Meeres verschluckte alle weiteren Laute. Joanna kroch bis zum Abgrund. Nichts war von den beiden zu sehen. Das Meer hatte sie bereits verschluckt.

„Jetzt bist du zum zweiten Mal gefallen", murmelte sie.

Joanna wandte sich um und versuchte sich aufzurichten. Sie zitterte am ganzen Körper. Stolpernd erreichte sie Rays leblosen Körper. Sein Gesicht war schneeweiß, aus den Ohren und einem Mundwinkel war Blut geflossen und hatte braunrote Krusten hinterlassen. Trauer quoll in ihr hoch. Sie nahm seine kalte Hand in die ihre, hob ihr Gesicht zum Himmel und ließ den Tränen freien Lauf.

„Die hätten sich aber auch einen anderen Ort aussuchen können! Warum nicht unten am Strand!" Joanna

konnte es nicht fassen. Das war Fias Stimme! Der
Sturm hatte nachgelassen und es wehte nur noch ein
zaghafter Wind. „Fia?" krächzte sie. Über dem Rand
des Plateaus tauchte Fias feuerroter Haarschopf auf.
Joanna torkelte auf sie zu. „Fia, meine Fia!" Sie umarmte den Engel heftig. „Joanna, jetzt lass mich mal
los!" Fia befreite sich aus der Umklammerung. Ihr
Blick fiel auf Ray.

Während sie sich zu ihm hinunterbeugte, fragte sie:
„Wo sind die anderen?" Joanna wies mit der Hand
nach unten. „Nee, sag bloß, du hast?…" Joanna nickte. „Alle beide und den Diamanten auch." Anerken-
nung flammte in ihrem Blick auf. „Jetzt muss ich mich
aber erst einmal um dich kümmern, mein Lieber." Sie
beugte sich dicht über Rays Körper. „Er ist tot, Fia.
Lucien hat ihn umgebracht", schluchzte Joanna.

„Tot ist er erst, wenn ER es sagt!" Fias Gestalt wurde
transparent, sie schien über dem Leichnam zu
schweben. In ungläubigem Staunen sah Joanna wie
die Blutkrusten im Gesicht verschwanden, sich der

Oberkörper straffte, der verdrehte Fuß sich gerade richtete, die Rippen mit vernehmbaren Knacksen ihre ursprüngliche Position einnahmen und die Leichenblässe wieder einer gesunden Hautfarbe Platz machte. Fia rollte zur Seite. Ihr Körper sah wie gewohnt aus. Sie atmete erschöpft. „Puuuh, das ist jedes Mal ein Akt." Joanna kniete neben Ray. Er atmete wieder. Sie legte ihren Kopf auf seine Brust. Das Herz schlug regelmäßig und kräftig.

„Du hättest dir auch einen bequemeren Platz für ein Rendezvous aussuchen können!" Joanna hob den Kopf und blickte in seine wunderschönen goldbraunen Augen. Dann fiel sein Blick auf Fia. „Wird das hier ein Date zu dritt?" Fia lächelte schräg.

„An was kannst du dich erinnern?" fragte Joanna. Ein Schatten fiel über sein Gesicht. „An Schmerzen, Dunkelheit – und…Lucien! Wo ist er?"

„Fort. Deine Freundin hat ihn und seinen Adlatus über die Klippe geschickt!" antwortete Fia. Kurz sah Joanna im Geiste noch einmal Michaels Blick, als er in die

Tiefe stürzte. Ohne seine Hilfe wäre sie sicherlich tot. „Der Adlatus, wie du ihn nennst, hat mir das Leben gerettet."

Joanna schilderte die letzten dramatischen Minuten. „Dafür bin ich ihm ewig dankbar!"

„Aber was hat Lucien dir angetan, Fia?" Fia blickte zuerst Ray, dann Joanna an. „Ihr wisst um meine Gabe. Ich kann Flammen werfen, Feuer entfachen. Was ich bis jetzt nicht wusste: das Löschschaum für mich zur Todesfalle werden kann. Aber Lucien wusste es. Er hatte euch K.O.-Tropfen in den Wein gemischt und als ich euren Abtransport verhindern wollte, hat er mich mit diesem Schaum außer Gefecht gesetzt. Das Zeug hat die ganzen Austrittsdüsen meines Körpers verklebt und wenn du nicht gekommen wärst", sie schaute Joanna dankbar an, „dann gäbe es mich jetzt nicht mehr. Denn das Gift hatte sich schon auf den Weg in meinen Körper gemacht. Und jetzt werde ich euch verlassen, ihr braucht mich nicht mehr." Fia richtete sich auf, umarmte beide und bevor Joanna etwas sagen konnte, war sie verschwunden.

„Lass uns gehen und diesen unglücklichen Ort vergessen." Ray zog Joanna zu sich heran. „Ich liebe dich, du mutige, schöne Frau."

Epilog

Der kleine Junge stapfte am Strand entlang. In der Hand hatte er einen Stock, den er von Zeit zu Zeit in den Sand bohrte. Er sammelte Muscheln, die er in einen kleinen Beutel steckte. Ein Sonnenstrahl traf etwas Leuchtendes, Blitzendes. Der Kleine beugte sich herab und klaubte es aus dem nassen Ufersand.

Mit andächtigem Staunen legte er den möweneigroßen Stein auf seine Handfläche und ließ ihn im Sonnenlicht funkeln.

Von der gleichen Autorin bereits erschienen:

Maxi im Weihnachtswunderland

(24 Geschichten zur Weihnachtszeit)

Erhältlich als Hörbuch-Download

ISBN: 978-3-00-039010-4